天の糸

うりずん織《お》りのひみつ

風間ひでこ　作・みわまどか　絵

もくじ

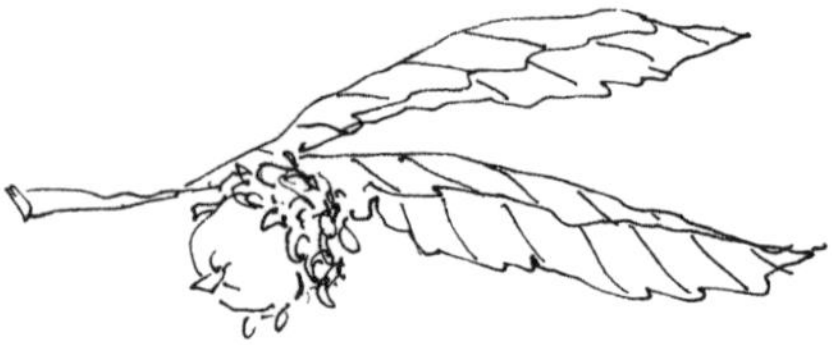

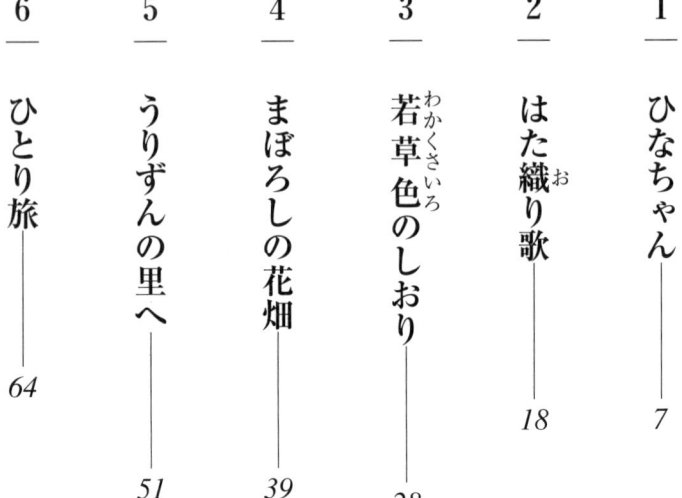

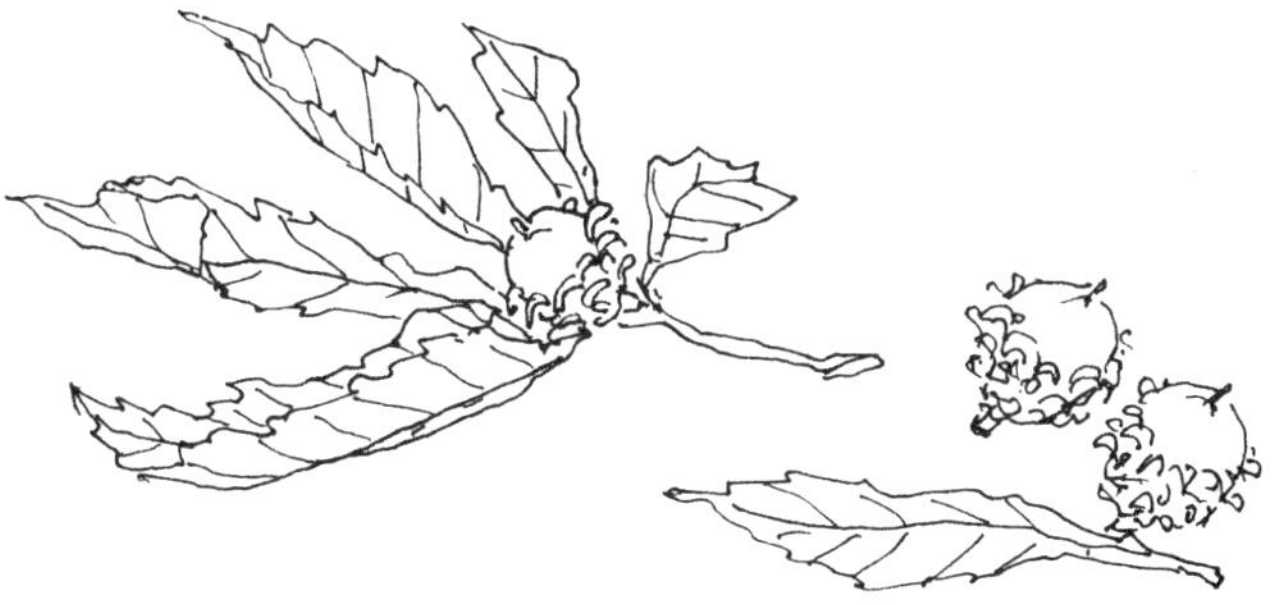

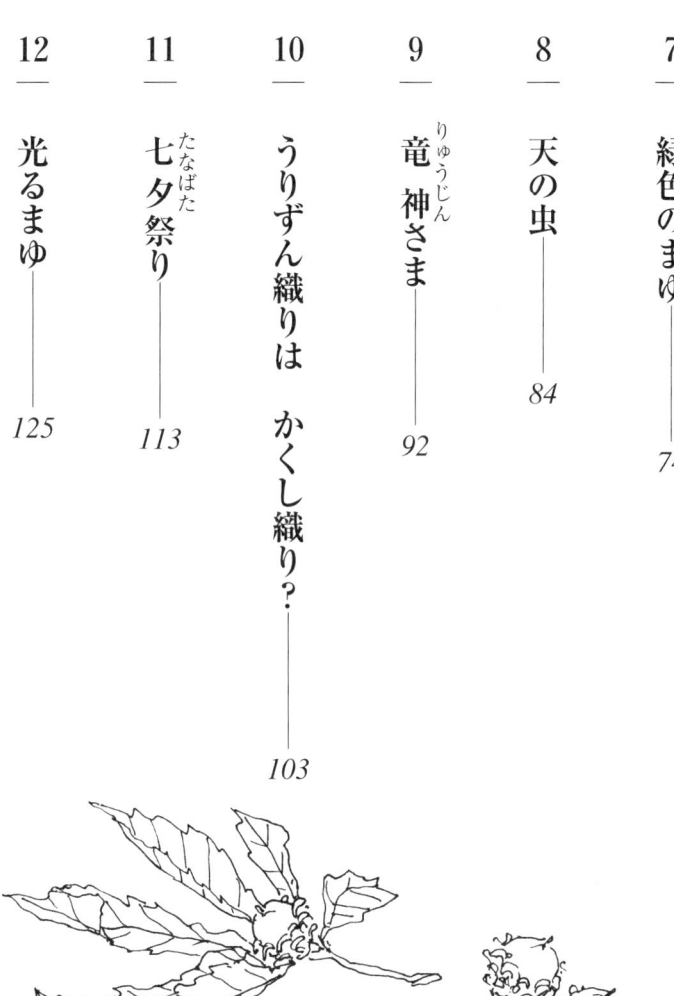

天の糸

——うりずん織《お》りのひみつ——

1．ひなちゃん

学校の帰り道。
校門を出るころに降《ふ》り出した雪が、みるまに道を白くぬりかえていきます。
てるみは、ひとりぼっちで歩いていました。
さっき、幸子《さちこ》ちゃんにいわれたことばが、頭の中をぐるぐるかけめぐっています。
「だまってるから、おこっているのかと思った」
（そんなこと……そんなことないのに……）
うまくいいかえすことができず、だまって、別《わか》れてしまいました。
てるみは、話すのがとてもにがてです。そのせいか、なかなか友だちができません。
幸子ちゃんだけが、四年生になってできた、たったひとりの友だちなのでした。
女の子たちが、一本のかさの中で、楽しそうにおしゃべりしながら、てるみを追いぬい

ていきました。ふたりの足あとを、雪が消していきます。

（透明《とうめい》人間になりたいな。そしたら、人の話を聞くだけで、話さなくてもいいんだもの）

てるみは、人前で話をするとき、体がこわばり、頭がジンジンなって、息苦しくなってくるのです。

先生に、いつもいわれます。

「声が小さいですよ。もっと、おなかに力を入れて、大きな声を出して」

「だまっていては、何を考えているか、人に伝《つた》わりませんよ」

そんな時、四年三組のみんなの、ひややかな視線《しせん》が、自分にそそがれているのを感じて、にげ出したくなります。

うまく気持ちを伝えられないくやしさと、なさけなさと、はずかしさがないまぜになって、なみだがこみ上げてきました。

家に着くと、てるみは、いらいらをぶつけるように、かさをらんぼうに閉《と》じたり開いたりしました。

いきおいよくはねた雪が、ポーチのあちこちに散《ち》らばって、ひさしの下にのこっていた枯《か》れ草にもふりかかりました。

（これ、夕化《ゆうげ》粧《しょう》じゃない？）

夕化粧は、ひなちゃんのだいすきな花です。

てるみは、あわてて、枯れた夕化粧の雪をふりはらってやりました。黄色い棒《ぼう》のように
しか見えなかった茎《くき》が、しなやかにゆれました。

かさ立てにかさをほうりこむと、てるみは、首に下げたカギで玄関《げんかん》のドアを開けました。

家の奥《おく》から軽《かろ》やかな音が聞こえてきます。

トントン　カララララ
シャカシャカ　トン
（あっ、今日《きょう》も、ひなちゃん、やってる）

てるみの心に、ぽっと灯《あか》りがさしました。

ひなちゃんのへやは、中庭にそったろうかをつっきって、左に曲がった所にあります。

戸を開けると、ほわっとあたたかい空気が、てるみの体を包《つつ》みました。

「ただいま」

「ああ、おかえり」

はた織《お》りの手をとめて、ひなちゃんが顔を上げました。白い髪《かみ》を後ろでおだんごに結《ゆ》い、めがねをかけています。

ひなちゃんというのは、小さい子の名前のようですが、九十九歳《さい》。てるみのひいおばあちゃんです。

ひなの節句《せっく》に生まれたひなちゃんは、ひなという名前を、たいそう気に入っています。

孫《まご》になる、てるみの母《かあ》さんが生まれた時、

「おらのこと、ばあちゃんなんていわねで、『ひなちゃん』って、呼《よ》んどくれ」

と、家族にいったのだそうです。そのときから、ずっと、ひなちゃんでとおっています。

てるみの両親が、昼間、仕事で家にいないので、てるみは、ひなちゃんにかわいがられて育ちました。

てるみはランドセルとコートを置《お》くと、火鉢《ひばち》の前に、ひざをかかえてすわりました。

火鉢にかかっている鉄びんの口から、ゆらゆらとわきあがる湯気を、じっと見つめました。

1．ひなちゃん

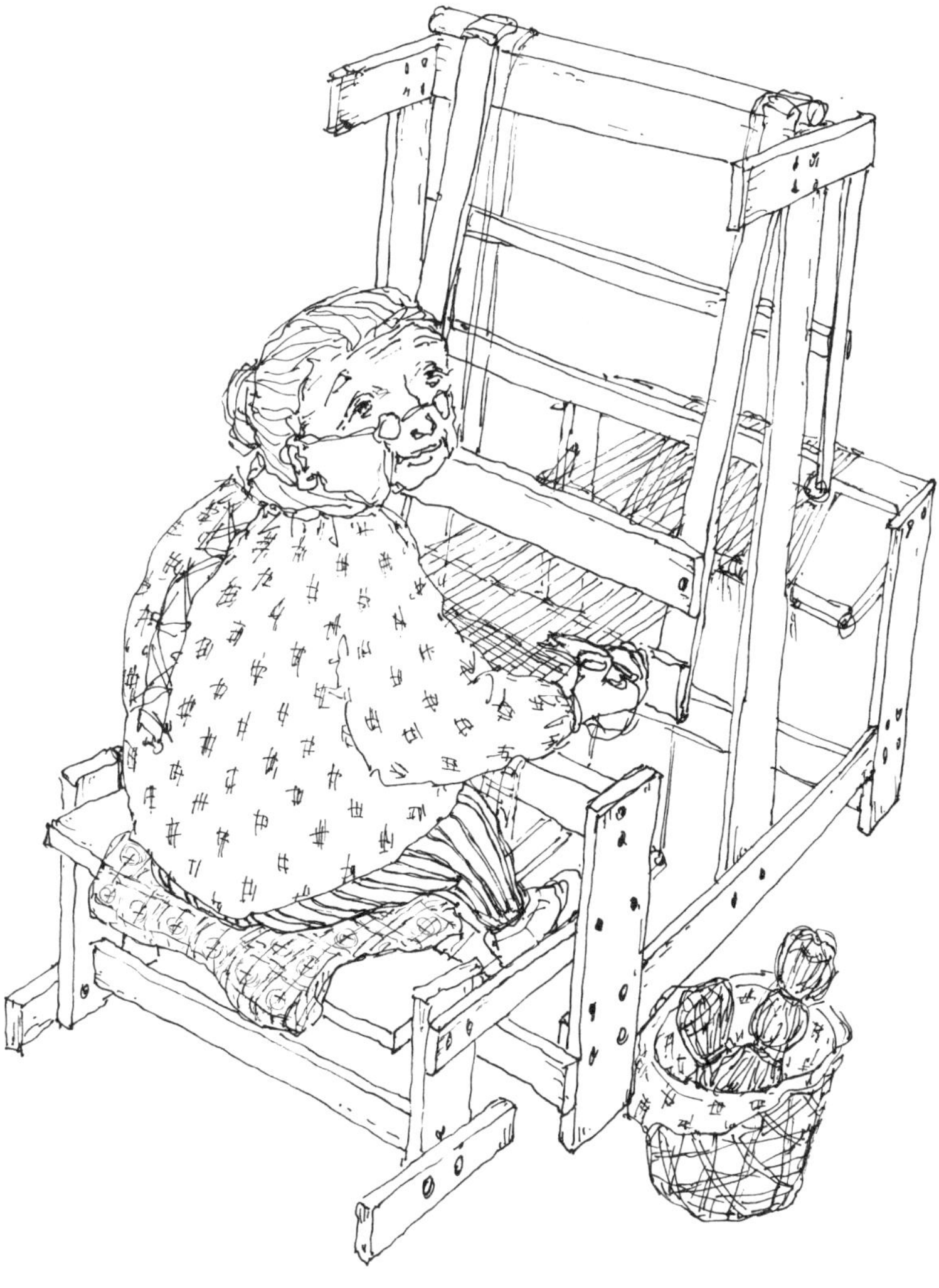

だまりこくったままで、いつもとちがうてるみのようすを見て、ひなちゃんがゆっくりと立ち上がりました。

めがねをはずしながら、てるみに声をかけました。

「おやつに、かき餅《もち》、焼《や》こうか?」

「うん」

かき餅というのは、お餅をうすく切ってかんそうさせたおせんべいのような物です。てるみはチョコレートやケーキも好《す》きですが、ひなちゃんが焼いてくれるかき餅がだいすきです。

ひなちゃんが、茶だんすからかき餅の入った缶《かん》を出してきました。火鉢から鉄びんをおろし、かわりに金あみをのせました。

金あみにかき餅を並《なら》べながら、ひなちゃんがゆっくりと話し始めました。

「おらが子どもだったころのことだがな。冬になると、雪が屋根に届《とど》くくらい、ぎょうさんふってなあ。雪に囲《かこ》まれた家ん中では、はた織《お》りしたり、かき餅を焼きながら、母ちゃんによく昔話を語ってもらったもんだ」

「どんな話、してもらったの？」

「おっかねぇ、山んばの話が多かったな」

「おっかねぇ？」

てるみが首をかしげると、ひなちゃんは笑《わら》いながら、「こわーい、山んばの話だ」と、いいなおしました。

「桃太郎《ももたろう》やかちかち山、さるかに合戦《がっせん》……」

「あ、桃太郎なら、わたしも知ってるよ」

おしゃべりしていると、かき餅の両はしがめくれて、くるっと丸まってきました。うまく平らに焼くには、両はしをしっかりおさえなければなりません。

「わたし、やる」

てるみは両手にはしを一本ずつ持って、かき餅を平らにのばしました。

「うまい、うまい」

「いっつもひなちゃんがするの、見てるもん」

てるみがとくい顔でいいました。その手もとを、ひなちゃんがじいっと見つめています。

てるみは、はずかしくなって聞きました。

「なんで、そんなにじっと、見てるの？」

「てるみの親指、おらのとそっくりだがね」

「えっ？」

きょとんとしているてるみの手をとり、ひなちゃんが、自分の手を並《なら》べて見せました。

てるみの手は、しっとりとした桜《さくら》色。ひなちゃんの手は、深いしわがきざまれて、ごつごつしています。

「ほうら、ごらん。ふたりとも、親指の爪《つめ》が横に長いだろうが。こういうのを、おらのいなかじゃ、〈はつめな指〉っていうがんだて」

「いうがんだて」というのは、「いうんだよ」ということです。

てるみは、母さんに聞いたことがあります。

「ひなちゃん、このごろ、おもしろいことばを使うけど、なんでかなあ？」

「それはね、ひなちゃんが昔のことをなつかしんでいるからよ。てるみが、おもしろいことばだと思ったのは、ひなちゃんが子どものころ住んでいた、いなかのことばなのよ」

そう、母さんが、教えてくれました。

ひなちゃんがいなかのことばを使う回数は、どんどんふえてきています。

（あ、また、ひなちゃんのいなかことば）

「ねえ、はつめって、どういうこと？」

「はつめってのは、器用ってことだがね。おらの母ちゃんも、おんなじ指してた。てるみもその指、受けついだってわけだな」

ひなちゃんがうれしそうにいいました。

「はつめな指かあ」

てるみは、ひなちゃんと自分の指を見比《みくら》べました。ほんとに、おんなじ指です。いままで爪の形を気にかけたことなどありませんでした。でも、よく見ると、ほかの指の爪はみんなたて長なのに、親指の爪だけが横に長いのです。

（こんなところがにるなんて、おもしろいな）

それも、会ったことはもちろん、顔も知らない、ひいひいおばあちゃんからつながっているというのです。

てるみは、指を折《お》って数えました。

「わたし。母さん。カナダにいるおばあちゃんでしょ。それに、ひなちゃんと、ひなちゃんのお母さん……。わあ、この指、五世代も伝《つた》わってきたんだね」

「ああ。もっと前の人から伝わってきたことが、こんどは、てるみの子どもや孫《まご》にも伝わっていくんだよ」

「これからも、ずーっとつながっていくのね」

てるみは、自分が、たくさんの人と、見えない糸でつながっていることを感じて、ふしぎな気持ちになりました。

やがて、かき餅《もち》の焼《や》ける香《こう》ばしい匂《にお》いが、部屋《へや》中にたちこめ始めました。うらがえして、両面にやき色がついたらでき上がりです。

「あちっ」

てるみが、かき餅をつかんだ指を、とっさに耳たぶにあてました。

「あはは。てるみは、あいかわらず、おっちょこちょいだなあ。気いつけれや」

「はあい」

てるみは、焼きたてのかき餅を、ふうふう吹《ふ》きながら食べました。

ひなちゃんは、パリッと音をたてて、わってから口に入れました。

「サクサクでおいしいね」

「ああ。うんめえ、うんめえ」

熱《あっ》いかき餅をほうばっていたら、心のしんまであったまって、いつのまにか、いらいらがおさまっていたのでした。

2. はた織《お》り歌

ひなちゃんが、はた織りをしながら歌っています。
ふりそそぐ春の光のように、明るくやさしい歌声です。

♪ 天から降《お》りた　天の虫
蚕《かいこ》のはく糸　絹《きぬ》の糸
ふるふるふりつみ　まゆとなる
すずし　絹糸　天の糸
どんな色に　染《そ》めましょか
どんな布に　織りましょか

うりずんの里の　湖に

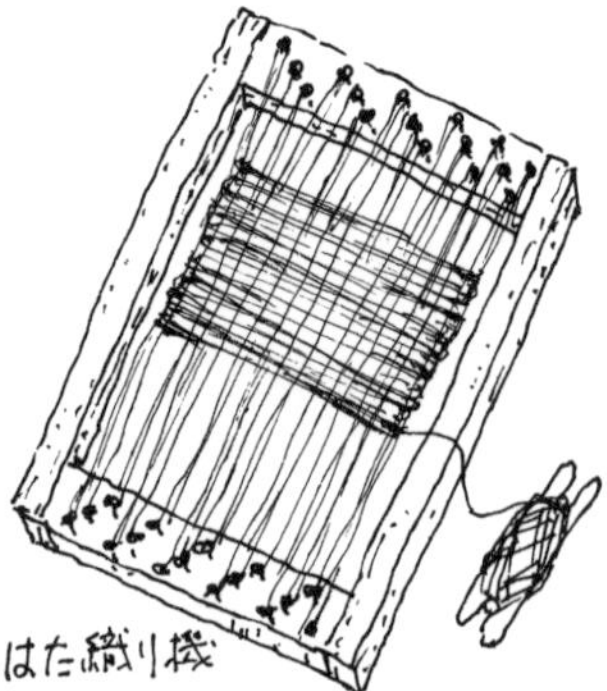

天《あま》の川が　うつるとき
祈《いの》りをこめて　うりずん織り
すずし　絹糸　天の糸
どんな色に　染めましょか
どんな布に　織りましょか　♪

てるみは、ひなちゃんのはた織り歌を聞くと、いつも、なつかしく、胸《むね》のあたりがほっこりとあたたまってくるのでした。

あかちゃんのときから、ずっと、子守歌《こもりうた》のように聞いて育ったせいかもしれません。

歌の中で、ずっと気になっていることばがありました。「うりずん」ということばです。

歌が終ったとき、てるみは、思いきって聞いてみました。

「ねえ、ひなちゃん、うりずんってなあに？」

ひなちゃんのはたを織る手が、ぴたりととまりました。

目を閉《と》じてしばらく考えていたひなちゃんは、ゆっくり顔をあげると、てるみの目をまっすぐに見ていいました。

「うりずんというのはな、南の国のことばで、かわいた大地に雨が降《ふ》って、草木が水分をたっぷりふくんでうるおい、ずんずんのびていくようすをいうがんだ」

てるみは、春に芽《め》を出した若葉《わかば》が、こい緑色に変わっていくのを思いうかべました。

「うりずんの里というのは、おらが生まれ育ったふるさとのことだ」

「そうなの？」

てるみは、思わず身を乗り出しました。

「昔むかしのことだがな。南の国から、海を渡《わた》ってはるばるやってきた旅人がおって、村に着いたとき、草木の緑が勢《いきお》いよく芽生《めば》え、湖の色が、南の国の海の色ににているのに感動して『うりずん、うりずん、うりずんずん』ておどりだしたんだと」

「うふっ、おもしろいね」

てるみもまねをして、「うりずん、うりずん、うりずんずん」といってみました。ほんとに、おどりだしたくなるようなひびきです。

「それで、その旅人はどうなったの？」

2. はた織《お》り歌

「村が気に入った旅人はな、そこを、うりずんの里と名づけて、里の草木を使った染物《そめもの》や織物《おりもの》を村人に教えたんだそうだ」

ひなちゃんは、「母ちゃんが話してくれたことだ」と、なつかしそうにいいました。

「ねえ、ひなちゃんのお母さんって、どんな人だった？」

「そうだなあ。こまめによく働くしっかり者で、大きな声でよう笑《わら》っとった。そうそう、村いちばんのはた織《お》り上手《じょうず》らったな」

ひなちゃんは、遠い昔から思い出の糸をたぐりよせるように、窓《まど》の外へ目をやりました。

「おらあ、ひっこみじあんで、何をするにものろくて、自信がもてない子でな……」

（うそっ！　いつも明るく元気なひなちゃんが、わたしみたいだったなんて……）

てるみは、ひなちゃんの顔をまじまじと見つめました。

「ちょうど、てるみぐらいの年らったな。母ちゃんが『ひなは、はつめな指してっから』いうて、はた織りを教えてくれたんだ」

ひなちゃんの声がはずんできました。

「はた織りしてると楽しくてなあ、いやなことなんか、みーんな忘《わす》れた。まい日、まい日、織り続けて、気に入った糸で、すきなもようを織れるようになった時は、どんげにうれしかったことか。あん時のことは、今でも、よう、おぼえとるがね」

「じゃ、ひなちゃんは子どものころから、ずっと、はた織りを続けているんだ。えらいねえ」

「ふふふ……そうかい。てるみにそういってもらえるなんて、うれしいなあ」

ひなちゃんが目を細め、にっこりしました。

「はたを織ることは、そん時そん時の喜びや悲しみを布《ぬの》に織りこめることだ。どうだい、てるみもやってみるかい？」

「え？　うん。やってみたい」

てるみは、ひなちゃんにうながされて、はたについているこしかけにすわりました。

ひなちゃんがはた織りするのを、いつも見ていたてるみですが、自分がはたを織るのは初めてです。きゅうに体がこわばりました。

「らくにして」

ひなちゃんが笑いながら、カチコチになったてるみの肩《かた》をなでました。

厚《あつ》みのある木でできた舟形《ふながた》の道具をてるみに持たせて、ひなちゃんがいいました。

「これは杼《ひ》といってな、横糸がまいてある。これを、たて糸のあいだにすべらせてやる」

ひなちゃんが手をそえてくれて、杼《ひ》を、右から左へおしてやると、カラララランと、軽やかな音をたてすべって行きました。

（うわっ、おもしろい）

「こんどは、おさを、手前にひくんだよ」

目の前にある、大きな竹のくしのようなものを、トントンと手前にひくと、白いたての糸に、赤紫《あかむらさき》の横糸が一本織《お》りこまれました。

「できた！」

その赤紫の一本の糸が、てるみにとって、はた織りの初《はじ》めの一歩になったのでした。

（わたしにも、はた織りができるんだ！）

とつぜん、てるみの胸《むね》に、熱《あつ》いものがこみあげてきました。

「ねえ、ひなちゃんも、こんなふうに、お母さんから、はた織りを教わったの？」

「そうさ。おらの母ちゃんだって、母ちゃんの母ちゃんから教わった。はた織りは、昔から、じゅんぐりに伝《つた》えられてきたんだよ」

「そっか。ずっと、つながってるんだね」

（はつめな指とおんなじだ）

てるみは、たくさんの人とつながっていることを、深く心にとめたのでした。

次に木のペダルを足でふむと、たて糸の上下が入れかわりました。

「さあ、こんどは、さっきと反対に、杼《ひ》を左から右へすべらせ、トントン、ペダルをふんで……」

ひなちゃんが歌うようにいい、てるみはそれに合わせて、手足を動かしました。

「うまい、うまい。さすが、おらのひ孫《まご》だ」

「はた織りっておもしろそう。わたしも練習したら、ひなちゃんみたいになれるかなあ」

「もちろん、なれるさ。そうそう……」

ひなちゃんが、いそいそと、押入《おしい》れからふろしき包《つつ》みを出してきました。

中には、たて四十五センチ、横三十五センチほどの木わくの上下に、細かく釘《くぎ》が打ち込《こ》んであるものが入っていました。

「これ、絵をかざる、額《がく》ぶち？」

「いいや。小さいが、これも、はた織《お》り機《き》だ。おらあ、このわくの中に、絵を描《か》くような気持ちで、布《ぬの》を織ってるがんだ」

ひなちゃんは、使いこまれて、黒みがかった木わくを、いとおしそうになでました。

「これは、おらが、子どものころ、父ちゃんに作ってもらったもんだ。コースターみたいな小物《こもの》を織る時に便利《べんり》なんだよ。これを、てるみにあげるから、練習するといい」

「えっ、いいの？　ありがとう」

てるみは、小さいはた織り機にそっとさわってみました。

ひなちゃんがはた織り機をテーブルに置《お》き、さっそく、使い方を教えてくれました。

初《はじ》めに、上下の釘《くぎ》に毛糸を渡《わた》して、たて糸をはりました。

「こんどは、シャットルに、横糸を巻《ま》くよ」

シャットルというのは、うすくて細長い板で、両はじをU《ユー》字形にくりぬいてあって、杼《ひ》とおなじ役目をします。そこへ、毛糸を、８の字を書くように巻きました。

「いよいよ、織り始めるよ。シャットルをたて糸に、上、下、上、下とくぐらせて……。

さあ、やってごらん」

てるみは、ひなちゃんをまねてやってみましたが、うまくいきません。思ったよりむずかしいのです。織り目はでこぼこ。両はじもまっすぐになりません。

「だれでも、初《はじ》めはそんなもんさ。ゆっくり、ゆっくりやればいい。やってるうちに、だんだんうまくなるんだから」

ひなちゃんが、はげましてくれました。

その日からまい日、はた織りをするひなちゃんのそばで、てるみも織り物の練習をするようになりました。

3．若草色《わかくさいろ》のしおり

「合格《ごうかく》だな」

「やった！」

後《うし》ろでどきどきしながら見ていたてるみは、思わず、ひなちゃんの背中《せなか》にだきつきました。

「平らに織《お》られてるし、両わきもまっすぐ。なにより、今のてるみにぴったりの色合いだ」

てるみの織ったコースターをながめながら、ひなちゃんが目を細めました。

「やっぱり、てるみは、はつめだ。おらの血がつながってるんだもんな」

ひなちゃんは、てるみの頭をなでながら、うれしそうにいいました。

てるみは、まい日、ひなちゃんにもらった織り機で、布《ぬの》を織る練習をしています。

これまでは、「横糸が、きちんとおさまっていない」とか、「このでこぼこ、なんとかならんかねえ」というぐあいで、まだ、いちどもほめてもらったことがありませんでした。

でも今日の、黄色いたて糸に、赤い横糸を織りこんだコースターは、自信がありました。

てるみはかたずをのんで、ひなちゃんのことばを待っていたのでした。

「ありがとう。ひなちゃん、だいすき！」

てるみがほおずりすると、ひなちゃんがくすぐったそうに肩《かた》をすぼめました。

「そうだ。てるみ、これを見てごらん」

ひなちゃんが、つくえに置《お》いてあったノートを、てるみにわたしました。

布のカバーがかかったそのノートをぱらぱらめくると、白い和紙に色とりどりの小さな四角い布が、たくさんはってありました。

「これは、おらが織った布を少しずつとっておいたもんで、布見本みたいなもんだ」

「パッチワークみたいできれいね。あっ、これ、わたしが織ったのとおんなじ、ほら！」

てるみは、本の中ほどに、たった今、ひなちゃんにほめてもらった布とおなじ色の布を見つけ、うれしくて思わず声をあげました。

そのページには、しおりがはさんでありました。幅《はば》三センチ、長さ十五センチほどの、すこし厚《あつ》みのある若草色のしおりです。

「このしおり、布《ぬの》なんだね」

「そう、布の短冊《たんざく》。おらが若《わか》いころ、山まゆの糸で織《お》ったもんだ」

「山まゆ？」

「山まゆってのは、緑色をしたまゆのことだ」

「えっ、まゆは、白いんじゃないの？」

「まゆにもいろいろある。白いまゆは、家ん中で、人に育てられた蚕《かいこ》が作るがんだ」

「蚕って、クワの葉を食べるのよね」

「そうだな。蚕とちごうて、山まゆは自然の中でクヌギやミズナラの葉を食べ、緑色のまゆを作る。その糸で織った布がこれだ」

ひなちゃんは、若草色のしおりを手にとって話し始めました。

「うりずんの里のことは、この前話したが、そこに、うりずん湖という湖があってな……」

「あっ、それって、歌に出てくる湖のこと？」

「ああ、そうだ。昔な、山まゆの糸で織った短冊を、七夕《たなばた》の夜に湖に浮《う》かべると、願《ねが》いがかなうといわれとった」

ひなちゃんの顔が、いっしゅん若返ったように見えました。

「湖の淵《ふち》に大きなクヌギの木があってな、竜神《りゅうじん》さまの木なんだが、その木からとれた山まゆで織った布は、うりずん織りといって、ふしぎな力がやどるといわれとった。おら、その山まゆをもらって、これを織ったんだ」

「このしおりに、どんな願いをこめたの？」

てるみが聞くと、ひなちゃんは答えるかわりに、窓《まど》のそばへ行き、湯気《ゆげ》でくもった窓ガラスに指で字を書きました。

「ひ……み……つ？　あっ、ずるーい」

てるみのことばに、ひなちゃんはいたずらっぽく笑《わら》い返しました。

「ひみつ」の字の向こうで、雪がふりしきっています。その雪をじっと見つめながら、ひなちゃんが「雪乃《ゆきの》」とつぶやいたのでした。

（ユ・キ・ノ？）てるみは首をかしげました。


ひなちゃんが体調をくずして入院したのは、それからまもなくのことでした。

川のほとりにある病院の三階に、ひなちゃんのいる病室がありました。病室の窓《まど》からは、ゆったりと流れる川面《かわも》と、鉄橋を渡《わた》って行く電車が見えます。

てるみが会いに行くと、ひなちゃんは、いつも遠くの山並《やまな》みへ向かって行く電車を、じっと見つめているのでした。

ある日、てるみがひなちゃんと窓の外をながめていた時のことでした。

川べりの枯《か》れ草の間から、白い鳥が飛《と》び立ちました。白い鳥は、雪をいただいて連《つら》なる山の方角へ、ゆっくりと飛んで行きました。

鳥のゆくえをじっと見守《みまも》っていたひなちゃんが、大きなため息をひとつつきました。

「鳥はええなあ。おらも、鳥になって、うりずんの里へ帰りてえ」

3．若草色《わかくさいろ》のしおり

「ひなちゃん、早く元気になって、わたしもうりずんの里へ連れてって……ねっ」

てるみが手をにぎると、ひなちゃんは小さく笑《わら》って、なんどもうなずきました。

そんなひなちゃんも、日を追うごとに弱っていき、とうとう、ひとりでベッドに起き上がることができなくなってしまいました。

ある晩《ばん》。

てるみと母さんが病室へ入って行くと、ひなちゃんが、暗い窓《まど》の外の一点を、じっと見つめていました。身じろぎひとつせずに。

ゴオーッ　ゴトトン　ゴトトン……。

電車が、鉄橋にさしかかった音が聞こえてきました。

ピーーッ
暗やみをさくように、汽笛《きてき》がなって……。

と、とつぜん、ひなちゃんが、はじかれたように体を起こしたのです。

ひとりで起きあがれなかったはずのひなちゃんが、ベッドから降《お》りて、すっくと床《ゆか》に立ったではありませんか。

ねまきを床に放り投げたと思う間に、ズボンをはき、カーディガンをはおって……。

びっくりしている母さんに向かって、ひなちゃんが、りんとした声でいいました。

「おらの靴《くつ》、どこやった！」

「？」

「靴、出しとくれ！　急がねば、乗り遅《おく》れる。汽車が、もう、そこまで来てるんだすけ」

ひなちゃんのひとみが、ぎらぎらとあやしい光を放っています。

「どうしたの、ひなちゃん！」

母さんがかけよったとたん、思いきりはじきとばされてしまいました。

てるみは、おどろきと不安で、その場に凍《こお》りついてしまいました。

母さんが、ふるえる声でたずねました。

「汽車に乗ってどこへ行くの？」

「うりずんの里だよ。早く早く！」

「わ、わかった。ひなちゃんが、行くのなら、わたしも行く。したくするから待って、ねっ」

母さんの気持ちが通じたのか、ひなちゃんは、すこし落ち着きを取り戻《もど》したようでした。

ひとみからは、さっきまでのぎらぎらした光が、いつのまにか消えていました。

窓《まど》の外へ目をやったひなちゃんが、へなへなと、床《ゆか》にくずれるようにへたりこみました。

「ああ、汽車が……とうとう行ってしもうた」

ひなちゃんの視線《しせん》の先、青黒く静《しず》まりかえった空を、星がひとつ、西へ流れていきました。


あくる日。

病院へ行く前に寄《よ》ったデパートで、「淡雪《あわゆき》のたまご」という和菓子《わがし》を見つけました。

ふっくらと白く、大きなまゆのようにも見えます。

きのうのひなちゃんの、がっかりとした顔が忘《わす》れられずにいたてるみは、ひなちゃんをなぐさめたい気持ちでいっぱいでした。

「母さん、『淡雪のたまご』買っていこ」

「えっ？　ひなちゃん、点滴《てんてき》で栄養《えいよう》をとってるんだもの、食べられないわよ」

「でも、喜《よろこ》んでくれる気がするんだもの」

「……そうお」

てるみは、買ってもらった「淡雪のたまご」をだいじにかかえて、ひなちゃんの所へ持って行きました。

「これ、まゆみたいでしょ。食べてみて」

てるみがいうと、ひなちゃんは、そおっと手をのばし、ほんのひとつまみだけ口に入れました。目を閉《と》じて、ゆっくり味わうようにして、「うんめえなあ」といったのです。

てるみは、（ひなちゃんが喜んでくれて、ほんとによかった）と思いました。

てるみも食べてみました。「淡雪のたまご」は甘《あま》く、口の中でほろりととけていきました。

てるみが帰る時、ひなちゃんが、まくらの下から、しおりをはさんだノートを取り出して、てるみにわたしました。

「しおりを……七夕《たなばた》に……うりずん湖に……」

やせて、親指だけが太く見える手で、てるみの両手を、ぎゅっとにぎりしめました。

（いたい！）

おどろくほどの力も、ほんのいっしゅんで、すぐに、すーっと力がぬけていきました。

てるみは、ひなちゃんの指に自分の指を重ね合わせました。

「お・ん・な・じ……ね」

ひなちゃんがほっと笑《わら》って、静《しず》かに目を閉《と》じました。


数日後、ひなちゃんはふりしきる雪のカーテンにかくれるように、ひっそりとあの世へ旅立って行きました。

（ひなちゃんは、いつか、雪のカーテンのかげから、ひょっこりと顔を出すかもしれない）

そんな気がしてなりません。

てるみは、ひなちゃんのかたみになってしまった、ノートとしおりをしっかりと胸《むね》にだきしめました。

（ひなちゃん、きっときっと、うりずん湖にしおりを流しに行くから、待っててね）

4．まぼろしの花畑

庭のかたすみにわずかに残《のこ》っていた雪も、すっかりすがたを消し、あたたかな風が花の香《かお》りを運んできます。

学校から帰ったてるみは、玄関《げんかん》わきのひさしの下で、緑色の小さなふた葉をたくさん見つけました。

「夕化《ゆうげ》粧《しょう》が芽《め》を出してる！」

夕化粧というのは、オシロイバナのことで、夏になると、赤や黄色や白などの、ラッパの形をした、かわいらしい花が咲《さ》きます。

中でも、赤紫《あかむらさき》色の夕化粧は、ひなちゃんのだいすきな花でした。

「黒い種《たね》をわって、中の白い粉《こな》を、おしろいがわりにほっぺたにぬって、あそんだりしたもんだ。オシロイバナはな、花が、夕方になると咲き始めるすけ、夕化粧ともいうがんだ」

夏の夕暮《ゆうぐ》れに、庭からただよってくる、甘《あま》い香りにうっとりしながら、ひなちゃんが

夕化粧

教えてくれましたっけ。

てるみは、玄関《げんかん》のかぎを開けました。いつもトンカラとむかえてくれた、はた織《お》りの音が聞こえないのは、てるみにとって、とてもさびしいことでした。

てるみは、まっすぐに、ひなちゃんのへやへ行きました。

「ひなちゃん、ただいま」

へやに入ると、夕化粧《ゆうげしょう》のようなあまい香《かお》りに包《つつ》まれます。なつかしいひなちゃんの匂《にお》いです。

〈あ、てるみかい。お帰り〉

聞きなれたひなちゃんの声が、てるみの耳によみがえってきます。

てるみはほっとして、ひなちゃんのはた織り機《き》のこしかけにすわりました。

はたには、ひなちゃんが元気なときに織っていた、布《ぬの》がかかったままです。

白地に、若草色《わかくさいろ》の葉と、赤紫《あかむらさき》の夕化粧の花もようが散《ち》らばっています。

「ひなちゃん、庭に夕化粧の芽《め》が出てたよ」

てるみは、さっそく、報告《ほうこく》しました。

〈そうかい。春がきたんだねえ〉

「ひなちゃんの好《す》きな夕化粧、ことしも、いっぱい咲《さ》くといいね」

そういいながら、てるみが、布に手をふれたときでした。

はたにかかっていた布が、ふるふるとゆれたと思うまに、白い霧《きり》がたちこめてきました。

霧は、あっというまに、はた一面をおおいつくしてしまいました。

てるみはおどろきのあまり、声も出せず、身じろぎひとつできずにいました。

霧が晴れると、目の前に、夕化粧の花畑が広がっていました。

その花畑で、着物を着た、おかっぱ頭とおさげの少女がふたり、楽しそうに歌を歌いながら花つみをしています。

てるみは、おかっぱ頭の少女を見て、なぜか、なつかしいようなふしぎな気持ちでいっぱいになりました。

（あの子、どこかで会ったことがあるような気がするんだけど……だれかしら？）

てるみは、思い出そうとして、目をつぶりました。でも、どうしてもわかりません。

あきらめて、目を開けると……。

「あれっ？」

目の前にあった花畑も少女も、あとかたもなく消えていました。

あとには、夕化粧《ゆうげしょう》の花もようの布《ぬの》が、はたにかかっているばかりでした。

てるみは、きつねにつままれたような気持ちで、はたの前で立ちつくしていました。

「母さん、ほん葉が出てきてるよ」

「あら、ほんとねえ」

母さんが、ろうかから顔を出しました。

ひさしの下に芽《め》を出した夕化粧は、日を追うごとにのびて、あたり一面、緑のじゅうたんのようになっていました。

その日、デパートから一枚《まい》のはがきが届《とど》きました。


【染織《せんしょく》布展《ふてん》のご案内《あんない》】

ギルバート・志村《しむら》と志村ゆうこの作品展

うりずんの里の大地と向き合ってうまれた創作布《そうさくふ》を、ぜひご覧《らん》ください

（うりずんの里ですって！）

てるみの胸《むね》が、コトッとなりました。

「母さん、行ってみようよ」

「えっ、布の展示会《てんじかい》なのよ。どうして？」

「だって、うりずんの里って、ひなちゃんのふるさとでしょ。それに、織物《おりもの》、見たいよ」

「てるみも好《す》きだわねえ。だんだん、ひなちゃんににてくるわ。しかたがないなあ。そんなにいうんなら、行ってみようか」

「しかたがない」というわりには、母さんの声が、はずんでいるように聞こえました。

デパートへ行く日。

「ひなちゃん、行ってくるからね」

てるみは、玄関《げんかん》わきの夕化粧《ゆうげしょう》に声をかけて、出かけました。

染織布展《せんしょくふてん》の会場は八階の奥《おく》にありました。

入口に飾《かざ》られているショールを見て、母さんがため息をつきました。

「すてきねえ。天女《てんにょ》の羽衣《はごろも》みたいだわ」

ショールは、すきとおって、春風のようにやさしい若草色《わかくさいろ》をしています。

（これ、ひなちゃんのしおりの色と、よくにてるわ。大きさも厚《あつ》みもちがうけど、どっちも、おなじ糸で織《お》られてるんじゃないかしら）

てるみがショールにさわって見ていると、ベージュのT《ティー》シャツに、チョコレート色のベストをはおった、男の人が近づいてきました。

「おじょうさん、いらっしゃい」

がっしりした体格《たいかく》。日焼《ひや》けした顔。太い眉毛《まゆげ》。口とあごに、たっぷりたくわえたひげ。

(なんか、熊《くま》みたいで、こわそう)

てるみは、思わず、ショールからはなれました。体がこわばってきます。

男の人が、てるみに向かっていいました。

「ぼくのこと、熊みたいって思ったでしょ」

図星《ずぼし》をさされたてるみは、下を向いて、

「ごめんなさい」

と、小声であやまりました。

「ははは、正直《しょうじき》なおじょうさんですね。いいんですよ。じっさい、『熊さん』って呼《よ》ばれてるんだから。でも、ほんとうは、ギルバート・熊……じゃなくて、志村《しむら》です。よろしく」

てるみは、思わずふき出してしまいました。

ギルバートさんは、顔ににあわず、おちゃめな人のようです。青みがかった目の奥《おく》が、いたずらっ子のように笑《わら》っていました。

（目の色はちがうけど、ひなちゃんとおんなじ、やさしい目をしてるわ）

てるみは、ほっと胸《むね》をなでおろしました。

ギルバートさんが、ガラスケースに入ったまゆを見せてくれました。ひなちゃんから聞いたことのある、緑色のまゆです。

「これは山まゆといって、これからとれる糸は、繊維《せんい》のダイヤモンドといわれるくらい貴重《きちょう》なものなんです」

「そうなんですか。わたし、緑色のまゆを見るのは、初《はじ》めてです。こんなにきれいなまゆがあるんですねえ」

母さんが、感心したように見入っています。

「こちらの若草色《わかくさいろ》のショールは、山まゆの糸だけで織《お》ってみたんですよ」

ギルバートさんが、かけてあったショールをはずし、母さんの肩《かた》にかけてくれました。

「わあ、軽いですねえ。それに、さわった感じも、さらりとして気持ちいいわ」

母さんがうっとりしていいました。

「おじょうさんも、どうぞ」

ギルバートさんが、花嫁《はなよめ》のベールみたいに、頭からショールをかぶせてくれました。

若草色《わかくさいろ》のショールは、しっとりとしなやかに、てるみの体を包《つつ》みました。

すると、〈しおりを……七夕《たなばた》に……うりずん湖に……〉という、ひなちゃんの声が、聞こえてきたような気がしました。

(ひなちゃん……)

ぼんやりしているてるみの顔を、ギルバートさんが心配そうにのぞきこみました。

「どうか、しましたか?」

ギルバートさんの青い目に、じっと見つめられて、てるみは、あわてて首をふりました。

(ひなちゃんとの約束《やくそく》、ちゃんと果《は》たさなければ……。でも、それには、いったい、どうすればいいんだろう)

ショールをはずしてからも、そのことばかり考えていたてるみは、作品を見てまわるあいだもずっと、話をうわの空で聞いていました。

「ねえ、てるみったら……」

とつぜん、母さんに肩《かた》をたたかれました。

「どうしたの？　さっきからぼおーっとして。具合でも悪いんじゃないの」

「えっ？　ううん、だいじょうぶ」

「そう、それならいいけど。母さん、これに参加《さんか》してみようと思うんだけど……」

母さんが、てるみに見せたパンフレットに、

【うりずんの里・染織工房《せんしょくこうぼう》「風の布《ぬの》」訪問《ほうもん》ツアー】


と、書いてありました。デパートの企画《きかく》した、日帰りツアーのようです。

「うりずんの里なら、わたしも行きたい」

「そういうと思った。それじゃ」

母さんが、さっそく申込書《もうしこみしょ》に、ふたりの名前を書きました。

「うりずんの里で、お待ちしてますわ」

志村《しむら》ゆうこさんらしい、色白の、すらりと背《せ》の高い女の人が、にこやかにいいました。

（いよいよ、うりずんの里へ行ける。ひなちゃんとの約束を果たす、てがかりがつかめる

かもしれない。ううん、きっと、つかんでくる）
てるみの胸《むね》が、期待と不安《ふあん》でふるえました。

5．うりずんの里へ

「あっ、うりずん湖！」

てるみが、窓《まど》の外を指さしました。

「あれは、うりずん湖じゃないわよ」

母さんのとなりにすわっているおばさんが、そっけなくいいました。がっかりしたてるみに、母さんがささやきました。

「もうじきよ。昼前には着くはずだから」

てるみは今、【うりずんの里訪問《ほうもん》ツアー】のバスに乗っています。

参加者《さんかしゃ》は、年配《ねんぱい》の女の人が多くて、子どもは、てるみだけ。

バスの窓から見える景色《けしき》は、黄緑に桃色《ももいろ》と黄色が入りまじり、春色に染《そ》まっていました。

ぼんやりながめていると、母さんたちのおしゃべりが、いやでも耳に入ってきます。

「わたし、ゆうこさんの手料理《りょうり》が楽しみで、このツアーにまい年参加してるの」

「そんなに、おいしいんですか？」

「そりゃもう。味プラスおしゃれって感じ。『料理《りょうり》も織物《おりもの》も、土地の物を使い、季節感《きせつかん》をたいせつにしています』って」

おばさんは、志村《しむら》夫妻《ふさい》の大ファンらしい。

「ギルバートさんて、どこの国の人なのかしら？」

「ああ、熊《くま》さんのことね」

てるみは、デパートで会ったひげ面《づら》の顔と、ひなちゃんに似《に》た、いたずらっぽい目を思い出して、つい顔がほころんでしまいました。

「熊さんはね、カナダ生まれ」

（あっ、カナダなら、おじいちゃんとおばあちゃんが、今、住んでいる国だわ）

てるみは、おばあちゃんがときどき送ってくれる、絵はがきの風景《ふうけい》を思いうかべました。

すると、ギルバートさんのことが、きゅうに親しく感じられるようになりました。

「ゆうこさんと結婚《けっこん》するまでは、日本でコンピューター関係《かんけい》の仕事をしていたんですって。そういうのって、ほら、心も体もくたくたにつかれるじゃない。まして、異国《いこく》の地でさみしさがつのる」

「そんなとき、つくえにそっと花をかざってくれる美しい人が現《あらわ》れて……かな？」

母さんが口をはさみました。すっかりおばさんのペースに乗せられています。

「そうそう。そういうことなのよ」

（それが、志村ゆうこさんだったってことか）

てるみも、いつのまにか、おばさんの話に引き込《こ》まれてしまっていました。

「ゆうこさんの実家は、明治《めいじ》時代からずっと、染織《せんしょく》にかかわってきたの。熊さんは、その自然《しぜん》と生きる暮《く》らしに感動して、染織の道に入ったってわけ」

ふたりの話は、とぎれそうにありません。

バスは山道にさしかかり、くねくねと曲《ま》がった細い道を上って行きます。

「わあっ！」

とつぜん、歓声《かんせい》があがりました。眼下《がんか》に、箱庭のような市街《しがい》地が開けたのでした。

芽吹《めぶ》き始めた木のあいだから、いただきに雪を残《のこ》した遠くの山やまが顔をのぞかせています。

山の途中《とちゅう》にある駐車場《ちゅうしゃじょう》でバスを降《お》りると、林の中に、緑の屋根の白い家が見えました。志村《しむら》夫妻《ふさい》の染織《せんしょく》工房《こうぼう》「風の布《ぬの》」です。

工房で、糸つむぎやはた織《お》り、草木染《ぞ》めの話を聞き、いよいようりずん湖へ向かいます。

七分ほど歩くと、林の奥《おく》に、湖が姿《すがた》を現《あらわ》しました。

満開《まんかい》の桜《さくら》が湖の淵《ふち》をはなやかにかざり、桜色に染《そ》まった湖水は、笑《わら》っているよう。

「これが、うりずん湖!」

気持ちのたかなりをおさえきれなくなったてるみは、湖へ続《つづ》く細い道を、いっきにかけおりていきました。

道は急な下り坂《ざか》で、おまけに砂利道《じゃりみち》。いきおいづいたてるみの足は、とちゅうで止まりません。湖が、どんどんせまってきます。

(たいへん!)

坂《さか》のとちゅうにあった、かん木のしげみにつかまろうとしましたが、もう手遅《ておく》れでした。てるみの体は、湖の淵にはえていた草をなぎ倒《たお》し、湖へまっしぐら。

バッシャーン

幸《さいわ》いなことに、湖の淵が浅《あさ》くて、なんとか、おぼれずにすみました。けがはなかったけれど、心臓《しんぞう》がはげしく音をたてています。

「ドジだなあ。ばっかみてえ」

頭の上で、声がしました。

野球《やきゅう》帽《ぼう》をかぶった男の子が、おもしろい物でも見るように、てるみを見下ろしています。

てるみは、「ドジ」だの「ばか」だのといわれて、はずかしさを通りこして、腹《はら》がたってきました。

(何よ、もう)

てるみがあわてて起きあがろうとしたら、なぎたおした草に足をとられて、また、ひっくり返ってしまいました。

「……ったく、見てらんねえな」

男の子が、左手をポケットに突《つ》っ込《こ》んだまま、右手を、てるみの前につき出しました。

てるみはしかたなく、男の子の手につかまって、ようやく起きあがることができました。

着ていたT《ティー》シャツもジーンズもびしょぬれ。しずくがぽたぽたたれています。

「そのまんまじゃ風邪《かぜ》ひくぜ。ついてこいよ」

そういって男の子が歩き出しました。背《せ》が高く、てるみよりすこし年上のようです。

てるみは、はずかしくて、ここからすぐにでもにげ出したい気持ちでいっぱいでした。

もじもじしていると、坂道《さかみち》を下ってくる人たちの声が聞こえてきました。

（こんなかっこう、見られたくないよぉ）

てるみは、しぶしぶ、男の子の後にしたがいました。

湖畔《こはん》にある民宿、緑水荘《りょくすいそう》のおくさんらしい人が、てるみを見るなり、口をあんぐり。

「まあ、びしょぬれじゃない。お風呂《ふろ》で体をあったためて、それから、着替《きが》えを……裕希《ゆうき》、あんたのジーンズ、貸《か》してあげなさい」

「ええっ、おれんのかよ。しょうがねえなあ」

裕希と呼《よ》ばれた子は、ぶつくさいいながら、ジーンズを取りに行きました。

てるみが浴室《よくしつ》で湯船につかっていると、母さんがあわててやってきました。

「まあ、てるみ、いったい、どうしたの？」

「ちょっとね、湖で泳いじゃった」

てるみは、ぺろっと舌《した》を出しました。

「ほんとに、おっちょこちょいなんだから、この子は」

てるみがけがをしていないのを見て安心したらしく、母さんがあきれ顔でいいました。

お風呂《ふろ》からあがり、売店で買った下着とＴ《ティー》シャツを着て、裕希《ゆうき》から借《か》りたジーンズをはきました。ジーンズは丈《たけ》が長すぎて、すそを三回も折《お》り上げなければなりませんでした。

「ほんとに、ありがとうございました」

てるみと母さんは、緑水荘《りょくすいそう》のおくさんにお礼《れい》をいって、みんなの所に戻《もど》りました。

昼食会は、緑水荘のテラスを借りて行われました。ゆうこさんが「風の布《ぬの》」の調理場で作ってきた、春の野菜《やさい》と山菜《さんさい》を使った、目にも楽しい料理《りょうり》がたくさん並《なら》んでいます。

★　緑色のヨモギパンに、桜《さくら》の花びらジャム
★　卵《たまご》と菜《な》の花のキッシュ
★　カタクリとスミレの花のサラダ
★　たんぽぽコーヒーや桜茶

★　れんげ草の花ゼリー

ほかにも、ふだん口にできないような、めずらしい物がいっぱいあります。
ギルバートさんと裕希が、ふたりがかりで、ダッチオーブンを運んできました。
ふたを開けると、テラス中に、香《こう》ばしい匂《にお》いが広がりました。
「わあ、おいしそう」
みんなの目がいっせいに、ダッチオーブンに引き寄《よ》せられました。
ギルバートさんが、体をゆすりながら歌います。

♪　ハーブで　じっくり　煮込《にこ》みました
　春の味がたっぷりしみて
　舌《した》の上で、とろーり　とろり
　おいしい　お肉　召《め》し上がれ～　♪

てるみは、列のいちばん後ろに並《なら》びました。

でも、なかなか順番《じゅんばん》が回ってきません。

もじもじしていると、いきなり、後ろから肩《かた》をたたかれました。

「ほら、食べな」

裕希《ゆうき》が、お肉をよそった皿をさし出しました。お肉から湯気がたっています。

てるみは、さっきのことがあるので、はずかしくて耳たぶがほてってきました。

下を向いたまま、小さな声でいいました。

「ありがとう」

お肉はやわらかくて、口の中でとろけました。

ふたりのそばで、二匹《ひき》のモンシロチョウが、上になり下になりしてたわむれています。

しげみから、一羽《わ》の鳥が飛《と》び立ちました。

「あっ、白い鳥！」

とっさに、病院で見たことが、てるみの頭をよぎりました。ひなちゃんがうらやましそうにながめていた、あの鳥とよくにています。

「あれは、シラサギだよ。二カ月くらい前にどこからかやってきて、うりずん湖に住みついちゃったんだ。あそこをねぐらにしてる」

裕希が、対岸《たいがん》の大きな木を指さしました。

食後、湖畔《こはん》の白樺《しらかば》林《ばやし》に移動《いどう》して、志村《しむら》夫妻《ふさい》の創作布《そうさくふ》を見ることになりました。

水色や黄色、うす紫《むらさき》や桃色《ももいろ》。さまざまな色の布《ぬの》が、若葉色《わかばいろ》の風に静《しず》かにゆれています。

「布は、うりずんの里の草木から色をいただいて染《そ》めています。おなじ土地で育った草木は、どんな色であれ、ふしぎとけんかすることなく、とけあってくれるんですのよ」

ゆうこさんが、にこやかに話しています。

どの布も、デパートで見た時より、ずっと、しなやかで、生き生きして見えます。

そよ風が、布に息を吹《ふ》きかけて通りすぎました。と、小枝《こえだ》で作ったハンガーにかけられたショールが、くるりん、くるりん。

「妖精《ようせい》がおどっているみたい!」

てるみは、自分も妖精になったつもりで、くるんと回ってみました。

にやにやしながら見ていた裕希《ゆうき》が、てるみに声をかけました。

「いい物、見せてやるから、ついてこいよ」

湖にそってすたすた歩き出した裕希を、てるみは、あわてておいかけました。

裕希は、ほこらのある、古木《こぼく》の前で立ち止まりました。さっき、裕希が指さした木です。

枝《えだ》が四方八方《しほうはっぽう》に広がり、根元には、子どもが入れるほどの洞《ほら》ができています。

「これは、クヌギ。山まゆの幼虫《ようちゅう》がこの葉を食べて、七夕《たなばた》のころに緑色のまゆを作るんだ」

(ひなちゃんが話してくれたのは、この木のことだったのかしら?)

てるみは、思いきって、ノートにはさんだ若草色《わかくさいろ》のしおりを裕希に見せ、ひなちゃんとの約束《やくそく》のことを話してみました。

ひなちゃんのためだと思うと、勇気《ゆうき》がわいて、はずかしいのを忘《わす》れることができます。

はた織《お》り歌も聞いてもらいました。

「うーん、聞いたことのない歌だなあ」

裕希は、首をかしげました。

「あのさ、七夕祭りに、また、来いよ。そしたら、いろいろ調べておいてやるからさ」

「ほんと？」

「ま、気が向いたらの話だけど……」

「あっ、いじわる」

てるみが、ほっぺたをふくらませると、裕希がゆかいそうに声をたてて笑《わら》いました。

ふと気がつくと、シラサギが木のかげからこちらのようすをうかがっています。聞き耳をたてているようにも思えます。

てるみと目が合ったとたん、シラサギは、ゆっくりと林の奥《おく》へと消えて行きました。

6．ひとり旅

夕化粧《ゆうげしょう》が、筆《ふで》の先のようなつぼみをつけ始めたころ、一通の手紙が届《とど》きました。

「緑水荘《りょくすいそう》から、七夕《たなばた》祭りのおさそいだわ」

母さんがにこにこしながらいいました。

「やったあ。母さん、行こうね。ぜったいよ」

手紙を、わきからのぞいて見ていたてるみの心は、もう、うりずんの里へ飛《と》んでいます。

七夕は、次の日曜日。土曜日に出かけて一泊《いっぱく》するので、てるみは、さっそく、リュックサックに着替《きが》えや洗面《せんめん》用具をつめ始めました。

「気が早いわねえ。まだ一週間も先のことよ」

母さんが笑《わら》っています。

あと三日という日になって、母さんがすまなそうにいいました。

てるみのリュック

「だいじな仕事が入って、母さん、七夕祭りに行けなくなっちゃった」

「えーっ！」

ふくらんだ風船が、はじけた気分です。

ひなちゃんとの約束《やくそく》、今をのがしたら、もう、チャンスはないかもしれません。

（でも、ひとりで行くの、やだなあ）

人と話すのがにがてなてるみは、つい、引っ込《こ》みじあんになってしまいます。

その夜。てるみはベッドに入ってもなかなか寝《ね》つけませんでした。うす暗い天井《てんじょう》とにらめっこしていたら、思いつめたようなひなちゃんの顔がうかんできました。

「しおりを……七夕に……うりずん湖に……」

そういって、てるみの手をにぎりしめたひなちゃんのぬくもりがよみがえってきます。

あの時、ひときわ大きく見えた、ひなちゃんの親指……。

「ひなちゃんとそっくりの親指」

てるみは、ひなちゃんから受けついだ、はつめな指をたしかめるように、胸《むね》の上でさわってみました。

すると、〈勇気《ゆうき》を出して、ひとりで行ってごらん。おらがついてるすけ、だいじょうぶ〉

と、ひなちゃんの声が胸《むね》にひびいてきました。

てるみは、ひなちゃんに背中《せなか》をぽんとおしてもらって、重くしずんでいた気持ちが、
ふっと軽くなったような気がしました。

（それに、裕希《ゆうき》くんが待っていてくれるもの）

そう思うことで、てるみはようやくほっとして、深い眠《ねむ》りに落ちていきました。

あくる日。朝食の時に、てるみはきっぱりといいました。

「わたし、ひとりで七夕《たなばた》祭りに行くことにしたから」

「えっ！　一泊《いっぱく》なのよ、だいじょうぶ？」

ハムエッグをお皿に移《うつ》そうとしていた母さんが、フライパンを持ったまま、固《かた》まって
しまいました。

父さんも、コーヒーを飲むのを忘《わす》れ、目をまん丸にしててるみを見ています。

「それなら、裕希くんのお母さんにお願《ねが》いしてみるけど……ほんとに、ほんとにいいのね」

母さんは、てるみの決心がかわらないうちにとでもいうように、朝食もそこそこに電話

をかけに行きました。

土曜日の早朝。父さんが、車で東京駅へ送ってくれました。

新幹線《しんかんせん》のホームまでついてきた母さんが、てるみにジュースを渡《わた》しながら、念《ねん》をおしました。

「新幹線は終点まで。その後は、メモを見て……メモ、ちゃんと持ったわね」

「うん。ここにある」

てるみは、ポケットからメモを出して見せました。

「緑水荘《りょくすいそう》のみなさんによろしくね」

てるみが席《せき》にすわるとまもなく、発車のベルがなりました。

新幹線がすべり出すと、手をふっていた母さんのすがたが、はじかれたように消えていきました。

立ち並《なら》ぶビルも、東京タワーも、あっというまに見えなくなりました。

一時間ほどたったころ、とつぜん、ドドッという音とともに暗やみへ突入《とつにゅう》。トンネルへ入ったのです。

うす暗いガラスの窓《まど》の中で、つばの広い帽子《ぼうし》をかぶった女の子が、不安《ふあん》そうな顔で、てるみをじっと見ています。

（あなた……だれ？）

よく見ると、窓にうつった自分の顔でした。

長い長いトンネルを抜《ぬ》けると、はげしい雨風が、バシバシと窓をたたきつけてきました。が、しばらくするうちに、そのいきおいもだんだんに弱まって……。

ガラスについた雨つぶが、つつーっとななめに走るころ、終着駅に着きました。

てるみは、ポケットからメモを出しました。

「こんどは、緑に赤い線の電車に乗る」

階段《かいだん》を上って下りて、となりのホームに止まっていた二両編成《へんせい》の電車に乗りました。

乗客は、ほんのわずかです。

窓際《まどぎわ》の座席《ざせき》にすわったとたん、のどがからからなのに気づきました。

「母さんがくれたジュースがあったんだ」

6．ひとり旅

ジュースをいっきに飲みほすと、すこし落ち着きました。

電車が動きだし、ガタタン、ゴトトンという規則《きそく》正しい音と、ここちよいゆれが、きんちょうしていた心をほぐしてくれます。

しばらくすると、窓《まど》の外には住宅がすくなくなり、緑の畑や田んぼが広がり始めました。

遠くの青い山並《やまな》みが、どんどん近づいてきます。

「うりずんの里ー、うりずんの里ー」

車内にアナウンスが流れました。

電車が止まり、てるみはホームに降《お》り立ちました。

なまあたたかい、しめった空気が体を包《つつ》みます。雨がやみ、日がさし始めました。

雨に洗《あら》われた山やまが、くっきりとあざやかです。

(あと、もうすこし)

てるみは、スニーカーのひもをしっかりと結《むす》びなおしました。

電車から降りたのは、てるみのほかに、おばあさんがひとりだけ。てるみは、おばあさんの後について、改札口《かいさつぐち》へ向かいました。

無人《むじん》駅なので駅員さんがいなくて、かわりに、切符《きっぷ》を入れる木の箱が置《お》いてありました。

（うふっ、なんだか、貯金箱《ちょきんばこ》みたい）

切符を穴《あな》に落とすと、カサッと音がしました。「ようこそ」といわれた気がしました。

木造《もくぞう》の駅舎《えきしゃ》を通り抜《ぬ》け、外へ出ました。

「タクシー、タクシー、タクシーはどこ？」

タクシー乗り場は見つかったものの、タクシーが一台も見あたりません。

「困《こま》ったなあ。電話で呼《よ》ばなきゃ……」

タクシー会社の電話番号をメモして、電話をかけに駅舎へ戻《もど》ろうとした時です。

駅前のロータリーに止まっていたワゴン車から、男の人が降りてきました。

てるみに向かって手をふっています。

（えっ、だれ？　ゆうかいされるんじゃ……）

てるみは、いっしゅん身がまえましたが、すぐに、車体に書いてある「緑水荘《りょくすいそう》」という文字に気がつきました。

「そっか。裕希《ゆうき》くんのお父さんだ！」

てるみは思いっきり手をふって、飛《と》ぶようにかけ出しました。

「こんにちは」

「いらっしゃい。よくきたね」

思いもかけない出迎《でむか》えにおどろいたのと、はりつめていたきんちょうがとけたのとで、なみだがこみあげてきました。

裕希《ゆうき》のお父さんが、てるみの頭をなでながらいいました。

「おつかれさん。さあ、車に乗って」

てるみが後部座席《ざせき》にすわった時、助手席《じょしゅせき》に野球帽《やきゅうぼう》が見えました。

野球帽をかぶった頭が、前を向いたまま、「やあ」と手をあげました。

「裕希くん！　迎《むか》えにきてくれたんだ。ありがとう」

てるみがはずんだ声でお礼《れい》をいうと、裕希が皮肉《ひにく》たっぷりにいいました。

「おっちょこちょいのだれかさんが、まいごにでもなると、かえってめんどうくさいからな」

「おいおい、なんてことというんだ。気にするんじゃないよ、てるみちゃん」

裕希くんのお父さんが、あわててとりなしました。

「あ、はい。もう、なれましたから、平気です」

車の中で、笑《わら》いがはじけました。

車は、山の中 腹《ちゅうふく》にあるうりずん湖をめざして、曲《ま》がりくねった山道を上って行きます。

春に訪《おとず》れた時、若葉《わかば》の色がやさしかった山の木ぎは、こい緑の葉をしげらせて、たくましい初夏《しょか》のよそおいに変《か》わっていました。

7. 緑色のまゆ

緑水荘《りょくすいそう》の二階のへやに荷物を置《お》くと、裕希《ゆうき》のお母さんがいいました。

「お昼、テラスに用意したから、めしあがれ」

「はい。ありがとうございます」

てるみは、湖上にはり出したテラスに降《お》りて行きました。

白樺《しらかば》の緑がテラスの天井《てんじょう》をおおい、すずしくて、いごこちのいい空間を作っています。

テーブルやいすに、ハート型《がた》の葉のかげがうつって、ちらちらゆれていました。

(春にも、ここで、食事をしたんだわ)

てるみはサンドイッチをほうばりながら、周《まわ》りの景色《けしき》をながめました。四方を山で囲《かこ》まれたうりずん湖は、森の緑、空の青、雲の白さをうつしてかがやいています。

水辺《みずべ》で、ほっそりとしたイトトンボが二匹《ひき》、つながって飛《と》んでいました。

ヤマコ

（あそこら辺《へん》で、湖に落ちたんだ）

てるみは春のできごとを思い出しました。できれば忘《わす》れてしまいたいことです。

湖から顔をそむけた時、裕希が緑水荘の窓《まど》から顔を出しました。

「あのさ、おもしろい物、見せに連《つ》れてってやるから、早く食べてしまえよ」

「おもしろい物って？」

「それは、見てからのお楽しみさ」

「もう、いじわるなんだから」

ぶつくさいいながらも、てるみは、いそいで昼食をすませました。

てるみと裕希が向かったのは、春に訪《おとず》れた、志村夫妻《しむらふさい》の染織工房《せんしょくこうぼう》「風の布《ぬの》」でした。

工房の入口や窓《まど》は、ぜんぶ開け放《はな》されていて、すずしい風が吹《ふ》き抜《ぬ》けていきます。

「こんにちは」

返事《へんじ》がありません。中をのぞいてみましたが、しんとして、人のけはいもしません。

「きっと、裏《うら》の畑だ。行ってみよう」

工房の裏は、クヌギ畑になっていました。

「ここで、ヤマコが成長《せいちょう》して、山まゆがとれるんだ」

（ヤマコって、蚕《かいこ》みたいなのかしら）

初《はじ》めて見るクヌギ畑を、めずらしそうにながめていたてるみは、畑全体が、青いネットでおおわれているのに気づきました。

「どうして、ネットをかけてるの？」

「ヤマコを鳥や蜂《はち》やネズミから守《まも》るためさ」

話していると、畑の中から声がしました。

「おーい、裕希《ゆうき》かあ。中に入ってこいよ」

「はーい。おじゃましまーす」

裕希がネットをたくし上げて、クヌギ畑に入って行きました。てるみもつづきます。

「こんにちは」

てるみは、裕希の後ろからのり出すようにしておじぎをしました。

「やあ、いらっしゃい。よく来たね」

ギルバートさんが、なつかしいひげづらの顔をほころばせて、迎《むか》えてくれました。

「熊《くま》さんが畑の手入れをして、ヤマコを育て、ゆうこさんが山まゆの糸をつむいだり、染《そ》めたりして、布《ぬの》を織《お》ってるんだ」

裕希の話をにこにこして聞いていた熊さんが、てるみにたずねました。

「畑の手入れを始めてから、布が織りあがるまでに、どのくらいの時間がかかると思う？」

「えーっ、どのくらいかなあ……」

てるみには、ぜんぜん見当《けんとう》もつきません。

「四年もかかるんだぜ」

裕希がいいました。

「わあ、たいへんなんですねえ」

てるみはあらためて、畑を見回しました。

と、目の前に、八センチはあろうかと思われる、大きな虫がいるのに気づきました。

「きゃっ」

てるみはびっくりして、思わず後ろへ飛《と》びのきました。その時、後ろの枝《えだ》にうでがぶつかり、何かが地面にぽとりと落ちました。

落ちたのは、緑色の虫でした。

「あーっ、ヤマコが！」

裕希が、すっとんきょうな声をあげました。

ヤマコは「助けて」というように、体をくねらせています。とつぜんのことで、ヤマコもびっくりしたにちがいありません。とても、苦しそうです。

「ごめんなさい。どうしよう」

「ははは、さしたりしないから、そっと、葉っぱにもどしてやってごらん」

熊《くま》さんがいいました。

虫がにがてなてるみは、いっしゅんひるみました。ヤマコはといえば、土の上で、ひっしにあがいています。

（かわいそう。早くしなきゃ）

てるみは、おそるおそる手をのばし、親指と人さし指でヤマコをつまみました。ヤマコは、やわらかくて、ムニュムニュしています。

葉っぱにもどしてやると、ヤマコは安心したように、また、葉を食べ始めました。

ほっとしたとたん、てるみのひたいに、どっと汗《あせ》がふき出しました。

アゲハチョウの幼虫《ようちゅう》なら、虫のきらいなてるみでも知っています。家の庭に植えてあるミカンの木で、よく見かけるからです。幼虫がサナギになって、羽化《うか》するのも見たことがあります。でも……。

「これ、アゲハチョウの幼虫よりずっと大きいし、おまけに毛まではえてるわ」

てるみは、指先にのこっているヤマコの感触《かんしょく》を思い出して身ぶるいしました。

ヤマコは、クヌギの葉をいきおいよく食べ、モシャモシャ音をたてて茎《くき》まで食べていきます。

「ヤマコって、くいしんぼうね」

すこしはなれて見ていたてるみが、からかうようにいうと、裕希《ゆうき》がキッとにらみました。

「わかってないなあ。あのさあ、ヤマコが作るひとつのまゆから、五百メートルの長ーい糸がとれるんだぜ。蚕《かいこ》なんか、もっとすごくて、その三倍さ。そのためには、いっぱい食べて、体力をつけなきゃなんないだろ」

「えっ、そんなに長い糸ができるの？」

てるみはびっくりして、ヤマコを見直しました。

ヤマコは休む時、おなかについている足でしっかりと茎《くき》につかまります。それから頭を後ろへそらし、胸《むね》にある足と足を向かい合わせてじっとしています。

「なんだか、お祈《いの》りしてるよう」

「……だよな。おれも、そう思うんだ」

「何を祈っているのかしら？」

てるみがつぶやくと、裕希《ゆうき》の顔がいっしゅんくもったように見えました。

（わたし、何か、悪いことといったかしら？）

いぶかしく思いながら、ヤマコに目を移《うつ》した時でした。

ヤマコの体についている銀色の星形が、きらりと光りました。

（きれい！　ダイヤモンドみたい）

そう思ったら、ほんのすこし、気味悪さがうすらぎました。

「ヤマコは生まれてから、四回も脱皮《だっぴ》して大きくなるんだ。頭のぬけがらなんか、仮面《かめん》ライダーみたいでかっこいいいんだぜ」

裕希がとくいげにいいました。ヤマコがかわいくてたまらないようです。

「ヤマコって、チョウチョウになるの？」

「いや。ヤママユガっていうガさ。けど、ここにいるほとんどは、サナギのときに……」

裕希がことばをにごしました。

別《べっ》の枝《えだ》にいたヤマコが、おしりからチョコレート色の液《えき》を出し、葉の裏《うら》にまわりました。

「いよいよだぞ！」

裕希が目をかがやかせました。

ヤマコが、口からはき出した緑色の糸を、葉の左側《がわ》にくっつけると、頭をのけぞらせて糸を引き出し、葉の右側にくっつけました。そこからは、頭をふりふり、８の字を描《えが》きながら、自分の体を包《つつ》んでいきます。

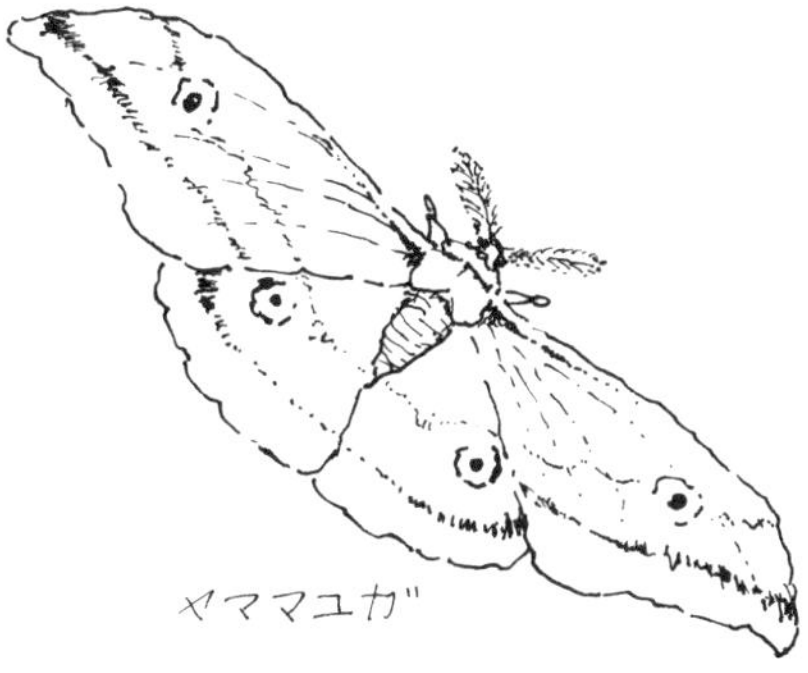

「体がだんだんちぢんでいくわ。ヤマコは、自分の身をけずってまゆをつくるのね」

てるみは、身を乗り出しました。

ヤマコに合わせて首をふってみましたが、すぐに目が回ってしまいました。

「ひゃあ、たいへん。つかれるだろうねえ」

「あははは……」

裕希《ゆうき》が、あきれたように笑《わら》いました。

ヤマコは、休み休み、糸をはきつづけました。

一時間ほどたつと、八センチもあったヤマコの体が、四センチほどのまゆの中に、すっぽりとかくれてしまいました。できたてのまゆは緑色。宝石《ほうせき》のエメラルドのようです。

「きれいねえ」

てるみは感動のあまり、ため息をもらしました。

「ヤマコは、三日がかりでまゆを作りあげるんだ。その後、まゆの中でサナギに変身《へんしん》する。外から見えないけど、ちゃんと生きてるんだ」

いとおしそうにまゆを見つめる裕希のすがたが、てるみにはまぶしく感じられました。

ふたりがヤマコを観察《かんさつ》している間に、熊《くま》さんはどこかへ行ってしまいました。入れ替《か》わりに、ゆうこさんが、緑色のまゆをたくさん入れたかごをかかえてやってきました。

「こんにちは。おじゃましています」

「いらっしゃい。これから、真綿《まわた》作りをするんだけど、いっしょにやってみる？」

「はい！　お願《ねが》いします」

元気に返事《へんじ》したてるみを横目に、裕希はうかない顔でいいました。

「あの、おれ、えんりょしときます。夕方、迎《むか》えにきますから」

そういいのこして、裕希は、そそくさと帰ってしまいました。

（自分からさそっておいて……ひどいな）

置《お》いてきぼりをくったかっこうのてるみは、きゅうに心細くなりました。でも、初《はじ》めての体験《たいけん》が待っていると思うと、わくわくしてくるのでした。

8．天の虫

工房《こうぼう》の作業場では、コンロにかけてある、
二つの大なべから湯気がたっていました。

「このなべで、まゆを煮《に》るのよ」

ゆうこさんが、百個《こ》ほどの緑色の山まゆを
そっと入れ、もうひとつのなべには、白いまゆを入れました。

さっき見たばかりの、ヤマコのかわいいしぐさが、頭をよぎりました。

それをさっしたように、ゆうこさんが、おなべをかきまぜながらいいました。

「ねーえ、てるみちゃんは、七五三のお祝《いわ》いの時、着物を着たかしら？」

てるみは、小さくうなずきました。

「かわいかったでしょうね。それじゃあ、大人《おとな》になって結婚《けっこん》する時、何を着たい？」

「ウエディングドレスがいいな」

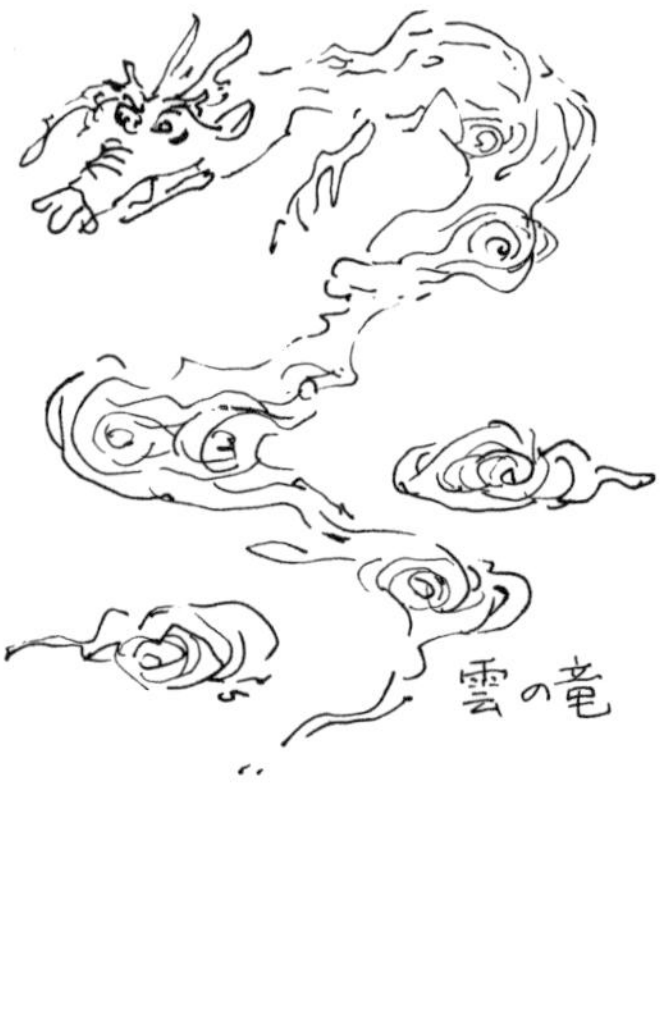

てるみは、ショーウインドウにかざられていた、純白《じゅんぱく》のドレスを思いうかべました。

「きっと、すてきな花嫁《はなよめ》さんになるわね」

ゆうこさんに見つめられたてるみは、顔を赤らめて下を向きました。

「わたしもね、熊《くま》さんと結婚する時、ウエディングドレスを着たわ。こうやってまゆをゆでて、糸をつむいで、はたを織《お》って布《ぬの》にして、それをドレスに仕立ててもらったの」

「わあ、ほんとうですか？　すごいなあ」

てるみは、ゆうこさんの顔を、尊敬《そんけい》のまなざしで見つめました。

「晴れ着を作る布はね、上質《じょうしつ》の糸だけを使って作るの。だけど、その糸は、ガがまゆから生まれてくる前にとらなければならないのよ」

「そうなんですか」

てるみの頭の中で、あでやかな着物やウエディングドレスとヤマコのすがたが、かわるがわるうかんでは消えていきました。

「ヤマコ……死んじゃうんでしょ？」

「そうね。まゆを作り終えたヤマコは、まゆの中で、サナギになってるけど……」

てるみは、さっさと帰ってしまった裕希《ゆうき》の気持ちが、わかったような気がしました。

ゆであがったまゆは、脱水機《だっすいき》にかけて水気をきりました。

「これから、中のサナギを出さなくてはならないんだけど、いっしょにやってみる？」

てるみは、ちょっとまよいました。死んだサナギが出てくると思うと、こわいのです。自分でも気づかないうちに、親指と親指をすりあわせていました。

〈だいじょうぶ。おらがついてる。やってごらん〉

ひなちゃんに背中《せなか》をおされた気がしました。

「やってみます」

「えらい。その調子、その調子」

ゆうこさんがにっこりして、ぺしゃんこにつぶれたまゆを、てるみにわたしました。

まゆを指でまさぐっていると、蚕《かいこ》が糸をはく時にできる小さな穴《あな》が見つかりました。

そこから、茶色《ちゃいろ》のサナギが顔を出しています。

そして、つんと鼻をつくにおいが……。

「うっ」

てるみが顔をしかめました。

「それは、ヤマコのにおい。ヤマコが、『わたしの命《いのち》をあげるから、きれいな布《ぬの》に生まれ変《か》わらせて！』とうったえているのね」

ゆうこさんが、やさしくいいました。

（いやな顔して、ごめんね、ヤマコ）

てるみは、心の中であやまりました。

ざるの中に、サナギがたまっていきます。

「サナギは、ハーブ畑にうめてやりましょう」

ゆうこさんとてるみは、サナギのなきがらを、ローズマリーとミントの間にうめました。

（ヤマコのたましいが、ハーブの香《かお》りといっしょに、天へ上っていきますように）

てるみは、手を合わせて祈《いの》りました。

つぎに、サナギを取り出したまゆをかわかし、指でほぐしてふっくらさせていきます。

「空気をたっぷりふくませるようにするの」

ゆうこさんが手を取って教えてくれました。

「わあ、ふわっふわになった」

「うまい、うまい。こうやってまゆをさわってると、手がすべすべになってくるのよ」

「ほんとですか？」

てるみは、真綿《まわた》で手やほおをなでました。

「うふっ。あったかくて、くすぐったい」

緑のまゆは若草色《わかくさいろ》の真綿になり、白いまゆは綿雲のよう。ふっくらとした真綿がつぎつぎにテーブルに並《なら》んでいきます。

ゆうこさんが手を動かしながら、てるみに聞きました。

「てるみちゃんは、馬に乗ったこと、ある？」

「あ、はい。遊園地で。初《はじ》めこわかったけど、なれたらすごく楽しくて、わたし、馬ってやさしい目をしているから、だいすき」

ゆうこさんと話していると、ひなちゃんと話すみたいに、気持ちがとてもらくになって、ことばがすらすら出てくるのでした。

「それじゃ、馬と蚕《かいこ》の話をしようかな」

ゆうこさんが、ゆっくりと話し始めました。

「昔、ある所に、馬がだいすきな娘《むすめ》がいたんですって。その娘は、つややかなたてがみをなびかせて走る白馬にまたがり、毎日、野山をかけまわっていました。

そのうちに、娘は、昼も夜も、白馬といっしょに、馬屋《うまや》で暮《く》らすようになりました。

心配になった父親がきつくしかりました。

『馬とばかりいるのは、やめなさい！』

すると、娘が白馬のたてがみをやさしくなでながら、きっぱりといったのです。

『この馬とはなれるのは、いやです』

それを聞いておこった父親は、馬がにくらしくなり、とうとう殺《ころ》してしまったのでした。

悲しみのあまり、娘の体は、白馬をだいたまま冷《つめ》たくなっていきました。

やがて、娘と白馬のたましいは、いっしょに天へ上って行きました。

『わしが悪かった。許《ゆる》しておくれ！』

父親がさけぶと、天から娘の声がしました。

『わたしたちは、父さんをうらんではおりません。明日《あす》の朝、臼《うす》の中を見てください。

わたしたちからの贈《おく》り物です』

あくる朝、臼《うす》の中で、白い馬の顔をした小さな虫が動いていました。それは、蚕《かいこ》でした。

その蚕をだいじに育てると、白いまゆを作り、美しい絹糸《きぬいと》がとれたということです」

ゆうこさんが語り終えました。

てるみは、真綿《まわた》をしみじみとながめました。

「これ、娘《むすめ》と馬がくれた贈り物なんだねえ」

「そう。蚕という字は、天の虫と書くわね。それに、蚕は、一頭、二頭と数えるのよ」

「えーっ、おもしろい」

てるみが蚕の顔を思い出そうとしていたら、とつぜん、クヌギ畑の方から、強い風が吹《ふ》き込《こ》んできました。

テーブルの真綿が大きくゆれ、そのうちのひとつが、反対の窓《まど》から飛《と》び出して行ったのです。あっというまのできごとでした。

てるみは、ゆうこさんと並《なら》んで、真綿のゆくえを見守《みまも》りました。

真綿は風に乗って、うりずん湖の上あたりにたなびいていた、細く長い雲に近づいて行きました。すると、それを待っていたかのように、雲がくねくねと動き出したではありませんか。雲は、真綿を飲み込んで、天高く上って行きました。

「すごーい。あの雲、竜《りゅう》に見えたわ」

「ええ、そうよ。あれは、うりずんの里を守ってくれる、竜神《りゅうじん》さまなの」

「えっ？」

竜神さまのことを、こともなげに話すゆうこさんを見て、てるみは、（うりずんの里には、ふしぎな力がひそんでいるのかもしれない）と思ったのでした。

林の中を、工房《こうぼう》に向かってやってくる裕希《ゆうき》のすがたが見えました。

「あら、お迎《むか》えがきたわね。よかったら、また明日《あした》、いらっしゃいな」

「ありがとうございました。さようなら」

てるみは、たった今見たことを、早く裕希に話したくてかけ出しました。

9．竜神《りゅうじん》さま

「すごいの見たの……真綿《まわた》が……雲が飲み込《こ》んで……竜になって……」

裕希《ゆうき》のところまで、全速力でかけてきたてるみは、息が切れ、苦しそうに胸《むね》をおさえました。

「なにいってんだか……ぜんぜんわかんねえ」

裕希がこばかにしたように、両手を広げて、首をふって見せました。

てるみは、かまわず、ごくんとつばを飲み込んでから、ことばをつづけました。

「ゆうこさんが……あれは……うりずんの里を守《まも》っている竜神さまだって」

「なんだ、そのことか」

裕希にそっけなくかわされて、てるみは、がっくりと肩《かた》を落としました。

「うりずん湖のクヌギの下に、ほこらがあっただろ？　あれが、竜神さまをまつったほこ

らだよ。竜神さまにまつわる伝説《でんせつ》があるけど、聞きたい？」

「もちろんよ。どんなの？」

「昔、怪牛《かいぎゅう》があばれまわって、里の農作物を荒《あ》らした時、うりずん湖に住む白竜《はくりゅう》が、怪牛をたいじして、二度とあばれないように、草花に変《か》えてしまったんだそうだ」

裕希が、道ばたの草むらに咲《さ》いている、小さな花を指さしました。

「このミゾソバがそれだよ」

「わあ、この白い花、先だけピンク色してる。コンペイトウみたいでかわいいわねえ」

「それ、牛のひたいともいうんだ。ほら、三角形の葉が、牛のひたいににてるだろ」

「ほんと。きらわれもののあばれ牛だったのに、こんなにかわいい花にしてもらって、牛も喜《よろこ》んでるわね、きっと」

「うーっ、それは、どうかな。むしろ、うらんでるんじゃないかな」

「何で？　そんなことわかるわけないでしょ」

てるみが口をとがらせると、裕希がにやにやしながらいいました。

「うそだと思うんなら、茎《くき》にさわってみな」

いわれるままに茎《くき》にさわってみたてるみは、思わず「いたいっ」と手を引っ込《こ》めました。よく見ると、茎にそって、とげが下向きについています。「さわるな」と、ひっかかれたような気がしました。

「だろ？」

裕希《ゆうき》が、鼻で笑《わら》っています。

「ところでさあ、ひなちゃんのしおりのことなんだけど……」

裕希が、きゅうに話題を変《か》えました。

「えっ、何か、わかったの？」

てるみは、裕希の顔を見つめました。

「いや。あのさ、かくし織《お》りっていう織り方があるらしいことはわかったけど、それが、はた織り歌にある、うりずん織りと関係《かんけい》があるかどうかまでは、ちょっと……」

てるみのがっかりした顔を見て、裕希がとりなすようにいいました。

「それでさ、熊《くま》さんとゆうこさんにしおりを見せたら、何かわかるかもしれないと思って」

「そうね。あした、見てもらうことにするわ」

うりずん湖へつづく坂道《さかみち》を下りながら、裕希がめずらしくまじめな顔でいいました。

「うりずんの里は、昔から養蚕《ようさん》がさかんで、はた織りをする家が多かったらしい。けど、今では、『風の布《ぬの》』だけになってしまった」

てるみは、ひなちゃんやひいひいおばあちゃんに思いをはせながら聞きました。

「昔、七夕《たなばた》に、短冊《たんざく》を織ってうりずん湖の水にひたし、はた織りがうまくなるように祈《いの》ったそうだ。それが、今でも、ここの七夕祭りの行事としてのこってる」

「うりずん湖には、なんだか、ふしぎな力がやどっているような気がしてきたわ」

「きみもそう思うかい？　うりずん湖の水はわき水だから、澄《す》んでいて枯《か》れることがない。それは、竜《りゅう》神《じん》さまが守《まも》ってるからなんだって、おやじがいってた。もうひとつ、うりずん湖には、命《いのち》をよみがえらせる力があると、昔から信《しん》じられてきたそうだ」

「そういえば、ひなちゃんもいってたわ。うりずんというのは、うるおいがみちて、草木がよみがえることをいうって」

「へえ、たまには、いいこというじゃん」

裕希がいつもの調子にもどって、からかい半分に、てるみの顔をのぞき見しました。

てるみは、てれかくしに、「うりずん、うりずん、うりずんずん」と、歌い出しました。

緑水荘《りょくすいそう》に着くと、ふたりはテラスのさくによりかかり、しばらくうりずん湖をながめていました。

夕暮《ゆうぐ》れのすずしい風が、湖面をさーっとなでていきます。そのたびにさざ波がたち、夕日色の湖面は、金の砂《すな》をまき散《ち》らしたよう。

湖面にうつっていた夕焼《ゆうや》け雲が、ちりぢりにくだけて、湖水にとけていきました。

バサッ　バサバサッ

近くのしげみから、シラサギが飛《と》び立ち、クヌギに向かって飛んで行きました。

その晩《ばん》、てるみは夢《ゆめ》を見ました。

一羽《わ》のシラサギが、ゆっくり歩いていきます。まるでスローモーションのように。

(どこへ行くのかしら？)

てるみが後をついて行くと、シラサギは、クヌギにできた洞《ほら》に消えて行きました。

洞をのぞいて見ると、そこは、一面、赤紫《あかむらさき》の花畑でした。甘《あま》い香《かお》りがしています。

（夕化粧《ゆうげしょう》だ）と、てるみは思いました。

着物を着た、おかっぱ頭とおさげの少女がふたり、花をつんでいます。

（あっ、あの子たち……ひなちゃんのはたであそんでいた子たちだわ）

色白のおさげの子が、つんだ花をひもに通して作った花かんむりを、おかっぱの子の頭にかぶせました。それから、夕化粧の黒い種《たね》をわって、中の白い粉《こな》をほっぺにぬってやりました。

「花嫁《はなよめ》のひな。かわいげだあ」

ひなと呼《よ》ばれた子は、口をすぼめて、すまし顔をして見せました。

「ぷっ。うふふふふ」

「あはははは……」

ふたりは、手を取り合って笑《わら》いました。

あんまり笑ったせいか、色白の子がはげしく咳《せ》き込《こ》みました。苦しそうに顔をゆがめ、着物の袖《そで》を口にあてています。

「雪乃《ゆきの》、だいじょうぶ？」

ひなが心配そうに、背中《せなか》をさすりました。

「ひな」「雪乃《ゆきの》」と聞いて、てるみは、はっとしました。ひなちゃんがいつか、「雪乃」といっていたのを思い出したのです。

（おかっぱの子は、子どものひなちゃんだ！）

そう思ったとたん、舞台《ぶたい》が暗転《あんてん》するように、夕化粧《ゆうげしょう》の花畑が消え、こんどは、ひながはた織《お》りをしています。

「雪乃にあったかいえりまき、織ってあげよ。できるまで、雪乃には、ないしょないしょ」

ひなは、雪乃の喜《よろこ》ぶ顔を思いうかべるように、フンフン鼻歌を歌い始めました。

そこへ、雪乃がやってきました。

「何、織ってるん？」

「ないしょ、ないしょ。ないしょだもんね」

ひなが、ククッと笑《わら》いました。

「いじわるしねで、教えてくれろ」

「だめ、だめ。ぜったい、だーめ」

それを聞いた雪乃《ゆきの》の顔がきゅうにひきつりました。

「ひなのいじわる。こんなもん」

いきなり、雪乃がそばにあったはさみで、織り機《おき》にかかっていた糸をチョキンと切ってしまったのです。

「何すんだ！」

ひなが、雪乃をキッとにらみました。

「ひななんか、だいっきらい！」

雪乃は、おこったまま帰ってしまいました。

「なんでだ？　いつもの雪乃なら、あんなことしねえのに」

ひなの目から、なみだがこぼれ落ちました。

だいすきな雪乃のため、ひなは、もういちど、えりまきを作り直しました。

それを持って雪乃をたずねると、雪乃が病気で亡《な》くなったことを知らされたのでした。

ひなの顔から、血の気がうせました。

「雪乃にあげるって、おらがいえば、けんか別《わか》れなんかしねえですんだのに。おらが悪かった。かんべんな、かんべんな」

あやまってもあやまっても、雪乃は、もうもどってきません。

ひなは、雪乃とあそんだクヌギの下に立ちました。あたりは、霧《きり》におおわれて何も見えません。ひなは、大きな声でさけびました。

「ユ・キ・ノー……会いたいよー」

かなしげなひなの声は、霧の中の湖や山やまにひびきわたりました。

と、東の山の背《せ》が、うすい桜《さくら》色ににじんできて、朝日が顔を出しました。それを待っていたように、霧がゆっくり動き始めたのです。

やがて、山のいただきから、霧がすべるように下りてきて、湖面で白竜《はくりゅう》に変《か》わりました。

「竜神《りゅうじん》さま！」

ひながさけんだのと、てるみが思わず発したことばが重なりました。

「ひな、よく聞くがよい」

竜神さまの声が、あたりの空気を震《ふる》わせ、湖面を波立たせました。

「緑のまゆで短冊《たんざく》を織るがよい。それを、七夕《たなばた》の湖にうつる天の川にうかべるのじゃ。

さすれば、そなたの願《ねが》いをかなえてしんぜよう」

そういい終ると、白竜《はくりゅう》は朝日をうけて虹色《にじ》に染《そ》まりながら、湖水にとけていきました。

あたりはみずみずしい緑の世界に変《か》わり、ひなの手に、緑のまゆがにぎられていました。

ぼんやり立ちつくすひなに、てるみが声をかけました。

「ひなちゃん……ひなちゃん！」

てるみは、自分の声で目がさめました。

10. うりずん織《お》りは　かくし織り？

朝食の後、裕希《ゆうき》が、林へ七夕《たなばた》祭りに使う花をつみに行くというので、てるみもいっしょについて行くことにしました。ポシェットに、ひなちゃんのしおりをはさんだノートを、忘《わす》れずにしまいました。

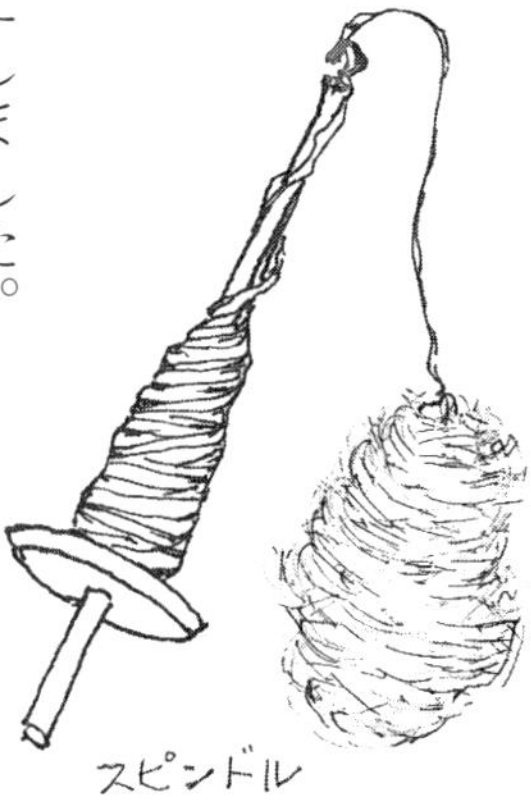

朝つゆにぬれた草木の匂《にお》いが、しっとりと体を包《つつ》みます。湖は緑色の水をたたえて、ひっそりと静《しず》まりかえっていました。

（竜　神《りゅうじん》さまが、ここに……）

夢《ゆめ》の中でのできごとが、頭からはなれません。

虹《にじ》色になって湖に消えていった白竜。雪乃《ゆきの》を呼《よ》ぶ、ひなちゃんの悲しい声。

（ひなちゃんは、竜神さまのことばを支《ささ》えにして、生きていたんだわ）

てるみが、だまってもくもくと歩いているのを、いぶかしく思っていた裕希が、たまりかねて声をかけました。

「さっきからだまってるけど、どうかした？」

「えっ？　ううん、何でもない」

「ははーん、初《はじ》めてのひとり旅で、ホームシックとやらにかかったな」

「そんなんじゃないわよ」

てるみがむきになって、裕希《ゆうき》をにらみつけました。

「おお、こわっ」

裕希が、笑《わら》いながらにげて行きました。

白樺林《しらかばばやし》に着くと、木の根元に、目のさめるような青い小さな花、つゆ草が群《む》れになって咲《さ》いていました。白樺の白い木肌《きはだ》が、花の色をいっそう青くきわだたせています。

「これ、トンボ草ともいうのよね」

「ああ、この辺《へん》じゃ、蛍《ほたる》の出るころ咲《さ》くから蛍草っていうんだ。花の下のさやが帽子《ぼうし》にてるから帽子花といったり、はた織《お》り草ともいうし。この花、三十くらいも名前があるって知ってたかい？」

「えーっ、そんなにたくさん名前があるなんて、知らなかった。びっくり」

てるみは、目を丸くしました。それに、裕希が、何でも知っているのにもびっくりです。

「この蛍草を、七夕《たなばた》祭りで使うんだ」

裕希が、花をつみ始めたので、てるみもあわてて手伝《てつだ》いました。

指先が、みるみる青く染《そ》まっていきます。蛍草が、かごいっぱいになりました。

「大きな青い宝石《ほうせき》みたい。これをどうやって使うの？」

「それは、見てからのお楽しみ」

裕希が、じらすようにいいました。


裕希がまだ仕事があるというので、てるみは、ひとりで工房《こうぼう》に行くことにしました。

「ひなちゃんのしおりを見てもらわなくちゃ」

熊《くま》さんやゆうこさんに、早く話を聞いてもらいたくて、どんどん足が早くなります。

（人と話をするの、苦手《にがて》だったのに……）

今は、早く話したくてなりません。自分でもふしぎな気がします。

心がはずんで、ひとりでに、はた織《お》り歌が口をついて出てきました。

工房《こうぼう》では、ゆうこさんが、三十センチほどの長さの棒《ぼう》に、円ばんとかぎのついた道具を、くるくる回していました。

てるみが、初《はじ》めて見るものです。

「それ、何ですか?」

「これは、スピンドルというの。真綿《まわた》を引きながら、これにつけて糸をつむぐのよ」

「おもしろーい」

ゆうこさんに教えてもらって、てるみもやってみました。が、すぐに真綿が切れてしまい、なかなか糸になりません。

「むずかしいんですね」

「やっているうちになれるわ。こうすると、機械《きかい》で糸をつむぐのとちがって、糸にでこぼこができて、おもしろい布《ぬの》が織《お》れるのよ」

ゆうこさんが、細い糸だけで織られた布と、スピンドルでつむいだ糸で織った布を並《なら》べて見せてくれました。

「わあ、でこぼこの方がやわらかくて、やさしい感じ」

てるみは、両方の布を見ていて、気がついたことがありました。

「所どころ、すごくつやがあってきれいなのは、どうしてですか？」

「あら、よく気がついたわね。つやつやしてる所が、山まゆの糸で織った所よ。山まゆの糸は、高価《こうか》なのと、それだけではちぢんでしまったりするので、蚕《かいこ》の糸にすこしずつまぜて使うことが多いの。ほら、山まゆの糸がもようになってきれいでしょ」

「ほんと」

いろんなことがわかってくると、織物《おりもの》がどんどん楽しくなってきます。

（しおりのこと、早く、聞かなくちゃ）

そう思ったとたん、きゅうに頭がジンジンなって、胸《むね》がどきどきしてきました。

〈おらが、ついてるすけ、だいじょうぶらがね〉

ひなちゃんの声がしました。

てるみは、大きく深呼《しんこ》吸《きゅう》をしました。

「あの、わたし、見てほしいものがあるんです」

「何かしら？」

「ひいおばあちゃんが、しおりにしてノートにはさんでいた、短冊《たんざく》なんですけど……」

てるみは、ポシェットからノートを出して、ゆうこさんに見せました。

「まあ、きれいな布見本《ぬのみほん》ねえ」

ゆうこさんがノートをめくりながら目を細めました。

「あの、見てもらいたいのは、しおりなんです。どういうものか、よくわからなくて」

「それなら、ちょうどおやつの時間だから、熊《くま》さんにもいっしょに見てもらいましょうよ」

そういって、ゆうこさんが、窓《まど》からクヌギ畑に向かって、大きな声で呼《よ》びました。

「熊さーん、お茶《ちゃ》にしませんかー」

「おう」

返事《へんじ》がして、畑から、熊さんがのっそりすがたを現《あらわ》しました。

熊さんを待つ間に、ゆうこさんとてるみが、テーブルにおやつを用意しました。

冷《つめ》たいジュースを飲みながら、ゆうこさんと熊さんは、かわるがわるしおりを手に取ってながめました。

「これ、三重織りしてあるわね。どなたが織ったのかしら?」

10. うりずん織《お》りは　かくし織り？

「わたしのひいおばあちゃんです。うりずんの里がふるさとだっていっていました」

「そうなの。だったら、わたしのおばあちゃんやおじいちゃんと知り合いだったかもしれないわねえ」

ゆうこさんがにっこりしました。

「このしおり、小さいのに、うまく織《お》ってあるなあ。てるみちゃんのひいおばあちゃんは、器用《きよう》な人だったんだねえ」

熊《くま》さんがいったので、てるみは自分がほめられたようで、なんだかくすぐったい気持ちになりました。

「てるみちゃんは、布《ぬの》を織《お》ったことがあるかい？」

「はい。亡《な》くなったひいおばあちゃんに教えてもらいました。まだ、へただけど」

「へたでけっこう。楽しんで織ることがたいせつなんだ。織物《おりもの》はね、たて糸と横糸の組み合わせ方で、音楽でいえば、ワルツにもロックにもなるんだよ」

熊さんの話は、低音《ていおん》で、はずむようで、まるで歌を歌っているように聞こえます。

「織物の基本《きほん》は平織り。平織りを二枚《まい》、三枚と重ねたのが、多重織り。ちょうど、アニメのセル画《が》を重ねるようなものさ」

熊さんの話が熱《ねつ》をおびてきました。てるみには、熊さんの話がよく理解《りかい》できません。

「ちょっと、むずかしかったかな」

熊さんが、頭をかきました。

ゆうこさんが笑《わら》いながら、一枚のひざかけを見せてくれました。

「これも、そのしおりとおなじ三重織りよ」

よく見ると、どちらも三枚の布がしっかり組み込まれていて、一枚の布になっています。

「この織り方は風通織《ふうつうお》りといって、中に空気が入ってあったかいんだ。真ん中に、表とちがったもようを織りこむこともできるんだよ」

熊さんの話を受けて、ゆうこさんがしおりを窓にかざしながらいいました。

「光にすかして見ると、中のもようがうき出て見えるの。表から見えないから、かくし織りともいわれているわ。このしおりもそのかくし織りじゃないかと思うんだけど……」

（裕希《ゆうき》くんがいってた、かくし織りって、このことだったんだ！）

てるみには、もうひとつ、どうしても聞いておきたいことがありました。

「あのう、うりずん織りって、聞いたことありませんか？」

「うりずん織り？　ぼくは知らないけど……」

熊《くま》さんが、ゆうこさんの顔を見ました。

「……そういえば、子どものころ、おばあちゃんが昔語りに、『竜神《りゅうじん》さまにもらった山まゆの糸でかくし織りをすると、願《ねが》いがかなうという、いい伝《つた》えがある』って。……たしか、それがうりずん織りだったみたい」

「へえ、それは、初耳《はつみみ》だなあ」

熊《くま》さんが目をかがやかせました。

「でも、竜神さまにもらった山まゆの糸といってもねえ……ほんとにそんなのがあったらすてきなんだけどなあ」

ゆうこさんが、あこがれのまなざしでいいました。

11. 七夕《たなばた》祭り

お昼近くになったので、てるみは緑水荘《りょくすいそう》にもどることにしました。

「ありがとうございました」

てるみは、ていねいにおじぎをしました。

「どういたしまして。それじゃ、また、夕方、うりずん湖で会いましょうね」

ゆうこさんが、作業場の外まで見送ってくれました。

木の葉のすきまから、夏の日ざしがちらちらともれてきます。

「七夕は雨降《ふ》りが多くて、めったに天の川が見られないけれど、今夜は期待できそうね」

空を見上げたゆうこさんが、「あっ」と声をあげました。何か思い出したようです。

「たいへん、たいへん。ちょっと待っててね」

あわてて工房《こうぼう》にかけこんだゆうこさんは、四角い包《つつ》みを持ってもどってきました。

「これ、わたしと熊《くま》さんからのプレゼントよ。開けてごらんなさい」

（なんだろう？）

わくわくしながら包《つつ》みを開けると、小さな木箱が出てきました。

箱は四つに仕切られ、白いまゆ、緑のまゆ、白い真綿《まわた》、若草色《わかくさいろ》の真綿がひとつずつおさめられています。

「わあ、宝石箱《ほうせきばこ》みたいにきれい」

「それを見て、うりずんの里を思い出してね」

「はい！　ありがとうございます」

てるみは、小箱をそっとなでました。

そこには、ヤマコがまゆを作るしぐさ、サナギのにおい、真綿のぬくもり、白い馬と娘《むすめ》の話……。初《はじ》めて体験《たいけん》した思い出がいっぱいつまっていたのでした。

緑水荘《りょくすいそう》にもどったてるみは、昼食の後、湖の周囲《しゅうい》を散歩《さんぽ》しました。

ボチャン

水音がしたあたりをのぞくと、三十センチはありそうな、大きなコイが泳いでいました。その後から、小さなコイたちが並《なら》んでついていきます。一匹《ぴき》だけ、アメンボや水草をついているチビちゃんがいました。

「ほらほら、みんな、行っちゃったよ」

てるみの声が聞こえたのか、チビちゃんは、あわててみんなをおいかけて行きました。

「何、見てるんだい?」

とつぜん、声がしました。裕希《ゆうき》です。

「ここ、魚がたくさんいるみたいね」

「ああ。魚のほかにも、湖の周《まわ》りには、鳥や虫や花がいっぱいさ。春なんか、産卵《さんらん》の季《き》節《せつ》だから、おもしろいぞ」

裕希《ゆうき》が鼻をふくらませました。

(あっ、いたずらをたくらんでいる顔だわ)

てるみは、身がまえました。

「蛙《かえる》が冬眠《とうみん》するって、知ってるだろ?」

「ええ」

「冬眠《とうみん》からさめた蛙《かえる》が、あのあたりから湖めざして、いっせいに降《お》りてくるんだ」

裕希《ゆうき》が、白樺林《しらかばばやし》の先にある小高い丘《おか》を指さしました。

「茶色《ちゃいろ》くて、こーんな大きい蛙だぜ」

裕希が、にぎりこぶしをふたつ合わせて、てるみの顔の前につき出しました。

「もう、やだー」

てるみは、ひたいにしわをよせて、裕希のこぶしをたたき落としました。

それにもかまわず、裕希はつづけます。

「蛙は、湖まで、体をきずつけないように、枯葉《かれは》にくるまりながら坂《さか》をころがってくる。枯葉のだんごみたいなんだ」

裕希の話を聞いていると、今にも蛙がころがってきそうで、てるみは身ぶるいしました。

「湖に集まった蛙たちは、水べの草むらに卵《たまご》を産《う》みつける。たった五日くらいの間に、すごいいきおいで産卵を終えた蛙は、卵に命《いのち》をつないで死んでいくんだ」

てるみは、小さな青蛙《あおがえる》のオタマジャクシを思いうかべながら聞くようにしました。蛙はあまり好《す》きではないけれど、小さなオタマジャクシはかわいいと思います。

「卵からかえった蛙は、雨の季節を待っていて、また、山へ帰っていくんだ。どうして、雨の季節《きせつ》に帰るか、わかるかい？」

「えーっと、雨が好きだから……かな」

「ブブーッ。体をきずつけないため。雨が体をぬらして守《まも》ってくれるからだよ。小さな生き物だって、ちゃんと考えてるんだよなあ」

裕希がしきりに感心しています。

てるみは、いつか、ひなちゃんと命のつながりについて話したことを思い出しました。

「あれーっ、たいへんだあ。だれかのせいで、道草くいすぎたあ」

裕希が、すっとんきょうな声を上げてかけ出しました。

「なによ。かってにしゃべっていったくせに」

てるみは、走って行く裕希の背中《せなか》に向かって、「イーダ」といってやりました。

足もとの草むらで、うす紫《むらさき》の花が一本だけ、思いっきり背《せ》のびして咲《さ》いていました。

咲き終わった花の後に、種《たね》ができています。

「来年、もっと、仲間《なかま》がふえるといいね」

しばらく歩いて、クヌギの大木の下に腰《こし》をおろしました。夏草も、ここだけはひんやりとして、汗《あせ》ばんだ体を冷《ひ》やしてくれます。

「ああ、いい気持ち」

目をつぶると、夢《ゆめ》で見たことが、ふっとよみがえってきました。

てるみは、ひなちゃんのことを思いながら、はた織《お》り歌を口ずさみました。

♪ 天から降《お》りた　天の虫
　蚕《かいこ》のはく糸　絹《きぬ》の糸
ふるふるふりつみ　まゆとなる
すずし　絹糸　天の糸
どんな色に　染《そ》めましょか
どんな布に　織《お》りましょか

うりずんの里の　湖に
天《あま》の川が　うつるとき
祈《いの》りをこめて　うりずん織り
すずし　絹糸　天の糸
どんな色に　染めましょか
どんな布に　織りましょか　♪

歌っているうちに、子守歌《こもりうた》のようにやさしく歌ってくれた、ひなちゃんの歌声が重なって、なつかしさで胸《むね》がいっぱいになりました。

てるみの目に、なみだがあふれました。

〈泣《な》かないで。おらは、いつも、てるみといっしょにいるんだすけ〉

ひなちゃんの声が、てるみの心にしんしんとしみわたっていきました。

いつのまにか、てるみは、両手の親指をこすり合わせていました。こうすると、ふしぎと気持ちが安らぎ、元気になれるのでした。

うりずん湖畔《こはん》がうす紫《むらさき》色に包《つつ》まれるころ、七夕《たなばた》祭りが始まりました。

空には、うっすらと雲がかかっています。

「天《あま》の川、見えないなあ」

てるみは、ひなちゃんとの約束《やくそく》が果《は》たせないのではないかと、心配になってきました。

緑水荘《りょくすいそう》のお客さんや里の人たちが二十数人、テラスに集まってきました。

熊《くま》さんとゆうこさんもいます。

裕希《ゆうき》のお母さんが、テラスのテーブルに置《お》かれたろうそくに点火しました。ろうそくは、蛍草《ほたるぐさ》の絵が描《えが》いてある花ろうそくです。

それを合図に、みんなが、湖にそってしつらえられたろうそく立に、花ろうそくを灯《とも》していきます。

(クリスマスのキャンドルサービスみたい)

と、てるみは思いました。

クヌギの下のほこらまで灯《あか》りの道ができ、あたりがオレンジ色に染《そ》まりました。湖面にも灯りがうつってゆらゆらゆれています。

テーブルに白い絹《きぬ》の短冊《たんざく》と、蛍草の花のしぼり汁《じる》が用意されました。

（裕希くんとつんだ、あの蛍草だわ）

てるみの爪《つめ》の奥《おく》に、まだ、青い色がすこしのこっています。

「みなさん、どうぞ、短冊に願《ねが》いを」

裕希のお母さんのひとことで、みんなが筆《ふで》をとって思い思いに書き始めました。

「わたしも……」

蛍草の汁《じる》に筆をひたし、字を書き出すと、青色がにじんで、どんどん広がっていきます。

「どうしよう。字がかけない」

てるみが困《こま》っていると、ゆうこさんが教えてくれました。

「それで、いいの。そのまま、書いて」

てるみは、どきどきしながら書きました。

【ひなちゃんとの約束《やくそく》、果《は》たせますように】

書き終わって見ると、白い短冊が、真《ま》っ青《さお》に染まっていました。

願《ねが》い事を書いた短冊《たんざく》を、ほこらの竜神《りゅうじん》さまにそなえ、（どうか、願いがかないますように）と祈《いの》ります。それを、竹かごにおさめるのです。

竹かごは、裕希《ゆうき》のお父さんが竹林から竹を切ってきて、それを編《あ》んで作ったそうです。

てるみは、ポシェットから、ノートにはさんだ若草色《わかくさいろ》のしおりを出しました。ひなちゃんの願いがこめられた、たいせつなしおりです。

そのしおりを、てるみが書いた青い短冊といっしょに、竜神さまにそなえてから、竹かごにおさめました。

（ひなちゃんは、このしおりに、どんな願いを込《こ》めたんだろう）

それが、いよいよ、明かされるかもしれないのです。きんちょうのあまり、てるみの手がふるえました。

裕希のお母さんが、竹かごをゆっくりと湖水にひたしました。

花ろうそくの灯《あか》りが湖面を照《て》らす中、短冊に書かれた蛍草《ほたるぐさ》の青い色が、さざ波にゆらゆらゆれながら水にとけ始めました。

ゆうこさんが、てるみにささやきました。

「蛍草《ほたるぐさ》の色が水にとけて、みんなの願《ねが》いを竜神《りゅうじん》さまへ届《とど》けてくれるのよ」

しばらくすると、かごの中の青い短冊《たんざく》はみな、白い短冊に変《か》わっていました。でも、ひなちゃんのしおりだけは、若草色《わかくさいろ》のままです。

（ひなちゃんの願い、ほんとに、竜神さまにとどいたのかしら？）

なんとなく、心もとない気がします。

花ろうそくの灯《あか》りに見守《みまも》られながら、うりずん湖の七夕《たなばた》祭りは、静《しず》かに幕《まく》を閉《と》じました。

「天《あま》の川、見られなくて、ほんとにざんねんだったわねえ」

「また、来年、いらっしゃい。みんなで待っているからね」

ゆうこさんと熊《くま》さんが、なごりおしそうに帰って行きました。

みんなが引き上げてしまうと、クヌギの下に、てるみと裕希《ゆうき》だけがとりのこされました。

12・光るまゆ

ろうそくの灯《あか》りが消え、さびしくなった森に、緑水荘《りょくすいそう》の窓灯《まどあか》りが、やさしい光を投げかけています。

人けのなくなった森は、しんと静まりかえって、風の音さえ聞こえません。

(時間がとまったみたい)

てるみは、ふしぎの世界へ迷《まよ》い込《こ》んだような気持ちになりました。

森や湖や夜空が、てるみと裕希をそっと見守ってくれているのを感じます。あとすこししたら、裕希ともお別《わか》れしなくてはなりません。そう思うと、きゅうにさびしさがこみあげてきました。

ひなちゃんのふるさと、うりずんの里ですごした二日間は、てるみにとって、たいせつ

な宝物《たからもの》のような時間でした。

でも、かんじんな、ひなちゃんとの約束《やくそく》を果《は》たすことができたのか、はっきりしません。それだけが気がかりでした。

「ほんとに、これでよかったのかしら」

てるみがつぶやくと、裕希《ゆうき》があいづちをうちました。

「ああ。おれもそう思っていたんだ。たしか、ひなちゃんのはた織《お》り歌には、『湖に天《あま》の川がうつるとき』ってあったんだよな」

裕希が空を見上げました。てるみも、雲のかかったままの夜空を、うらめしそうにながめました。

「織り姫《ひめ》と彦星《ひこぼし》だって、一年に一度しか会えないというのに、かわいそうだわ」

てるみがいうと、裕希がいつもの調子にもどっていいかえしました。

「へっ、かわいそうなもんか。雲がかかって、こっちから見えないだけのことじゃないか。今ごろは、ちゃんと会ってるさ」

（もう。せっかく、ロマンチックな気分にひたってたのに……）

その時、バサバサッと音がしました。おどろいて音のした方を見ると、シラサギが、湖から空へ飛《と》び立って行くところでした。

シラサギはぐんぐん飛んで、雲の中へ消えました。

すると、シラサギが消えて行ったあたりの雲がゆっくり動いて、うずを巻《ま》き始めたではありませんか。

うずは、まわりの雲を巻き込《こ》んでふくれあがり、あっという間に、一本の白い帯《おび》になって、湖を目がけて降《お》りてきます。

「あーっ、竜《りゅう》！」

てるみと裕希が、どうじにさけびました。

静《しず》かだった森に、突風《とっぷう》がわきおこりました。

森の木ぎがはげしくゆれ、うなりをたてています。

強風におされて、湖水に落ちそうになったてるみを、裕希が力いっぱい引き止めました。

竜は、銀色の目をらんらんとかがやかせて、矢のように湖水につっこんで消えました。

森に、静けさがもどってきました。

「天《あま》の川が出てる!」

てるみが空を指さしました。

雲がなくなった空に天の川が広がり、湖水にくっきりと星がうつっています。

湖水にうつった天の川の中で竹かごがゆれ、ひなちゃんのしおりから霧《きり》がたち始めました。たちこめた霧の中に赤紫《あかむらさき》の花畑が現《あらわ》れ、夕化粧《ゆうげしょう》の甘《あま》い香《かお》りがただよってきます。

花畑で、着物を着た少女がふたり、スローモーションのようにふうわりと、左右からかけよって、しっかりとだき合いました。

夢《ゆめ》で見た、あの、ひなと雪乃《ゆきの》です。

ひなと雪乃は、なかよく並《なら》んで、はたを織《お》りました。

それから、花畑にしゃがんで、花かんむりを作りました。それを、ひなが雪乃に、雪乃がひなの頭にのせました。

夕化粧の花かんむりをかぶったひなと雪乃は、手をつないでぴょんぴょんはねまわっています。

湖水にうつった星が集まって、ふたりを包《つつ》み始めました。やがて、ふたりのすがたは、銀色に光るまゆにすっぽりとくるまれました。

光るまゆは、天に向かってゆっくり、ゆっくり、高く、高く、天《あま》の川へと上って行きました。

天の川をあおぎ見ながら、てるみは、ほおっと深いため息をつきました。

ひなちゃんのうれしそうな顔が、いつまでも、まぶたのうらにやきついています。

(ひなちゃんの願《ねが》いがかなって、ほんとによかった)

約束《やくそく》が果《は》たせたという満足感とは、うらはらに、ひなちゃんは、とうとう、手の届《とど》かない所に行ってしまったというさびしさが、心の底《そこ》からふつふつとわきおこってくるのをどうすることもできません。

「ひなちゃーん！　帰ってきてー！」

てるみは、天に向かって、思いきりさけびました。

あたりの空気が、びりびりふるえました。

てるみの目になみだがあふれ、星がにじんで見えました。

すると、天から、ひなちゃんの声がひびいてきたのです。

〈おらは、いっつも、てるみの心とはつめな指にいるがんだ。ゆっくり、ゆっくりやればいい。友だち、だいじにするんだぞ〉

星明かりの中で、てるみは、ひなちゃんから受けついだ、両方の親指をじっと見つめました。

トントン　カラララ

シャカシャカ　トン

はたを織《お》る音といっしょに、ひなちゃんの歌声が聞こえてきました。

子守歌《こもりうた》のようなその歌声が、てるみの心をふるわせて、ぽとりとなみだがこぼれ落ちました。

裕希《ゆうき》がそっと、てるみの肩《かた》に手をかけました。

その晩《ばん》。家にもどると、庭の暗がりから、甘《あま》い香《かお》りがてるみを迎《むか》えてくれました。

「夕化粧《ゆうげしょう》が咲《さ》いたんだね」

てるみは、花の香りを、胸《むね》いっぱいすいこみました。

へやで、リュックサックから荷物を出していると、母さんがのぞきにきました。

「今日《きょう》、幸子《さちこ》ちゃんが来てくれたのよ。出かけること、幸子ちゃんに話してなかったの？」

「うん」

〈うりずんの里であったこと、幸子ちゃんに話してごらん〉

ひなちゃんの声がしました。

「わたし、電話してみる」

すぐにリビングにとんでいって、受話器《じゅわき》をとったてるみを見て、母さんが、「おやっ」という顔をしました。

思いがけなく、幸子ちゃんとの会話がはずみ、つづきは明日《あした》にすることにしました。

電話をきってからも、てるみの心は、まりのようにはずんでいました。

（幸子ちゃんにも織り機《おりき》を貸して、いっしょに織り物しようって、さそってみようかな）

「布《ぬの》ができたら、裕希くんにも送ってあげよ。でも、喜《よろこ》んでくれるかなあ」

きっと、鼻をふくらませて、「しょうがない、もらってやるか」というにちがいありません。

「すなおじゃないんだから」

てるみは、思わず、クスッと笑《わら》ってしまいました。

あくる朝。

幸子ちゃんが、校門の前で待っていました。

てるみは大きく手をふって、はちきれそうな笑顔《えがお》でかけ出しました。

「幸子ちゃーん、おはよう！」

あとがき

淡雪《あわゆき》の　中に顕《た》ちたる　三千大千世界《みちおほち》　またその中に　淡雪ぞ降《ふ》る

これは越後《えちご》(新潟《にいがた》)の良寛《りょうかん》というお坊《ぼう》さんの短歌で、蚕《かいこ》が白い糸をはいて繭《まゆ》をつくるさまを、降《ふ》りしきる雪になぞらえています。小さな繭《まゆ》の中に大きな宇宙《うちゅう》の広がりを感じます。

繭には、いろんな色や形があるとのこと。神秘的《しんぴてき》な湖のある里で、山繭《やままゆ》を育て糸を紡《つむ》いで、風のような布《ぬの》を織《お》っておられる染織《せんしょくか》家のご夫妻《ふさい》と作品に出会い感動しました。里の草木を採取《さいしゅ》して行う草木染《そ》め、糸紡《つむ》ぎ、はた織りなど、ワークショップに参加《さんか》する中で、人が自然《しぜん》と共《とも》に生きることの大切《たいせつ》さを学んだように思います。

「うりずん」は沖縄《おきなわ》地方の言葉で、うりは潤《うるお》うこと、ずんは積《つ》もること。潤《うるお》いが満ちて草木がよみがえる季節《きせつ》をいうそうです。心がうきうきするようなひびきがすきです。

「ひ孫《まご》は、私《わたし》の生まれ変《か》わりよ」と告げて、天国へ旅立っていった、夫《おっと》の母と私の母。ふたりの母の思いを緑の繭にたくして、てるみとひなちゃんの話が生まれました。

引っ込《こ》みじあんのてるみは、自分がたくさんの人とつながって、守《まも》られて生きていることを学んで成長《せいちょう》していきます。本をお読みくださった方が、ほんのすこしでも何かを感じとってくださったらうれしいなぁと思っています。

この作品は、日本児童文学者協会《にほんじどうぶんがくしゃきょうかい》の実作通信講座《じっさくつうしんこうざ》で、浜《はま》たかや先生のあたたかいご指導《しどう》をいただきながら完成《かんせい》することができました。深く感謝《かんしゃ》申し上げます。

たくさんのことをお教えくださった山まゆの里・染織工房《せんしょくこうぼう》のみなさま、いつも笑顔《えがお》で接《せっ》してくださる山梨《やまなし》の四尾連湖《しびれこ》・水明荘《すいめいそう》のみなさま、たいへんおせわになりました。

このたび、三十周年《しゅうねん》を迎《むか》えた創作童話《そうさくどうわ》「かざぐるまの会」（日本児童文芸家協《にほんじどうぶんげいかきょう》会《かい》・流山《ながれやま》サークル）で、合評《がっぴょう》や同人誌《どうじんし》作りを通し、共に学び励《はげ》まし合ってきた仲間《なかま》がいたからこそ、ここまでこれたという思いでいっぱいです。同人の三輪円香《みわまどか》さんが、やさしさの中に力強さを秘《ひ》めたすてきな絵を描《えが》いてくださいました。ありがとうございました。

出版《しゅっぱん》への道を開き導《みちび》いてくださった、銀の鈴《すず》社の西野真由美《にしのまゆみ》さま、柴崎俊子《しばざきとしこ》さまに心よりお礼《れい》申し上げます。

いつも支《ささ》え助けてくれる家族、応援《おうえん》してくれる姉兄弟の家族、友人へ、心をこめて……。

二〇一〇年二月

風間　ひでこ

生命《いのち》の神秘《しんぴ》を見つめて

児童文学者《じどうぶんがくしゃ》　浜《はま》　たかや

私《わたし》たちの先祖《せんぞ》は美しいものをつくりだし、そこに日本人の優《やさ》しい心をこめてきました。それを後世に伝《つた》えるのも、今を生きるわたしたちの大事な義務《ぎむ》で、児童文学もその一端《いったん》を担《にな》ってきました。しかし昨今《さっこん》、残念《ざんねん》なことながら、そうした児童文学は低調です。古いものには、なじみがなく、子どもの興味《きょうみ》を引きにくいからです。しかし、もし作品が物語としておもしろければ、子ども読者はそうした障害《しょうがい》などのりこえ読むはずです。風間《かざま》ひでこさんの労作《ろうさく》「天の糸　うりずん織《お》りのひみつ」などはその良い例《れい》だといえるでしょう。草木染《そ》めといった、多くのおとなですら、なじみのない素材《そざい》をあつかっているのですが、等身大《とうしんだい》の子どもの冒険《ぼうけん》がたくみに描《えが》かれているので、こむつかしいことは忘《わす》れて読み進めることができます。

主人公のてるみは「はなすことがとてもにがて」で、「なかなか友だちができ」ない、四年生の女の子ですが、こうした悩《なや》みをかかえた子どもはすくなくありません。ですから、読者の多くは、深い共感《きょうかん》をもって、てるみに自分を重ね合わせて読み進め、作品の世界にはいっていくことができるでしょう。

てるみには、ひいおばあちゃんがいます。九十九歳《さい》という高齢《こうれい》ですが、自分を「ひなちゃん」とよばせています。子どもは、こうした、いつまでも、子どもの心をうしなわないお年寄《としよ》りが大好《だいす》きです。ですから、てるみが、この「ひなちゃん」をつうじて織物《おりもの》の世界に目覚《めざ》めていくことに、なんの違和感《いわかん》もなくついていくでしょう。
ひなちゃんから「はつめ」な指、つまり織物にむいた器用《きよう》な指をうけついだてるみは、ひなちゃんから織物をならいはじめます。やがて高齢のひなちゃんは世を去りますが、しかしひなちゃんは亡《な》くなったあとでも、てるみの中に生きつづけ、てるみを広い世界へと導《みちび》いていきます。

てるみはギルバートさんとか、裕希《ゆうき》などの人びととであっていきます。人間関係《かんけい》がにがてのてるみのことですから、もし織物というなかだちがなかったら、きっとギルバートさんとも裕希とも親しくなることはなく、一見熊《いっけんくま》のようにおそろしい、ギルバートさんが、茶目《ちゃめ》っ気《け》のある、優しい心の持ち主《ぬし》であることにも、表面的には意地《いじ》わるそうで、口のわるい裕希のほんとうのすがたにもきづくことはなかったでしょう。

こうして、生《う》まれ変わっていくてるみはやがて、うまれて初《はじ》めての一人旅にでかけます。四年生の、やや内気な女の子にとって、これは大冒険です。そしてその勇気《ゆうき》のご褒美《ほうび》に美しいものをみますが、これは読んでのお楽しみということで伏《ふ》せておきましょう。

この作品は、つきつめていえば、ひとりの人間のなかに先祖の生命が脈々《みゃくみゃく》と流れ、いき続けているすがたを描いたものといっていいでしょうが、これは人間だけのありようではありません。作者は、死ぬことによって、美しい糸となるヤママユガや、卵《たまご》を生んで死んでいくカエルなどを優しいまなざしで描くことによって、生命の神秘をより広い視野《しや》で、深めることに成功《せいこう》しています。

風間《かざま》ひでこ（風間日出子）

1943年新潟県生まれ。詩人で児童文学者・故おのちゅうこう氏に師事。
日本児童文学者協会会員（日本児童文学学校18期生。実作通信講座受講）
創作童話「かざぐるまの会」（日本児童文芸家協会・流山サークル）同人。
「星うさぎ」が『おはなし宅急便・1』（童心社）、「おりがみとんぼ」が『一年の読み物特集・下』（学研）に所収。「お母さんこっちむいて」第36回児童憲章愛の会・創作童話賞、「のっぽさんのクリスマス」にいがた市民文学・児童文学賞、「雪えくぼ」（絵・みわまどか）第四回逗子市手づくり絵本コンクール・スズキコージ賞を受賞。

みわまどか（三輪円香）

三重県松阪市に生まれる。

大阪教育大学大学院（美術教育デザイン講座）卒業。

創作童話「かざぐるまの会」（日本児童文芸家協会・流山サークル）同人。

「雪えくぼ」（文：風間ひでこ）が、第四回逗子市手づくり絵本コンクール・スズキコージ賞を受賞。

第１回日本新薬こども文学賞で物語部門最優秀賞受賞。受賞作品『おんぶおんぶ』（絵：津島タカシ）が絵本になる。

NDC 913
風間ひでこ　作
神奈川　銀の鈴社　2010
140P　21㎝（天の糸　うりずん織りのひみつ）

定価＝一、二〇〇円＋税

鈴の音童話
天の糸　うりずん織《お》りのひみつ

二〇一〇年三月三日　初版
著　者――風間ひでこ©　みわまどか　絵©
発　行―㈱銀の鈴社　http://www.ginsuzu.com
発行人―柴崎　聡　西野真由美
〒248―0005　神奈川県鎌倉市雪ノ下三―八―三三
電　話　0467（61）1930
FAX　0467（61）1931
〈落丁・乱丁本はおとりかえいたします。〉

ISBN978-4-87786-728-7　C8093

印刷・電算印刷　製本・渋谷文泉閣

読書の楽しさが味わえる
鈴の音童話

中学年以上一般まで

ナマハゲのくる村
はせべえみこ・作／横松桃子・絵
定価1200円＋税

手におえないガキ大将が、祖父の命をとおして真の強さを知り、困難に向かっていく物語。

カルガモ学級
山川正吾・作／高橋久吉・絵
定価1200円＋税

草刈り中に見つけたカルガモの卵をかえし、クラスのみんなで育てながら巣立ちをむかえる感動あふれる物語。

ガンガーまで
インドの少女のものがたり
尾辻のりこ・作／串田敦子・絵
定価1200円＋税

踊りの好きな少女ラーダは、おじいさんと巡礼の旅にでます。神話「ラーマーヤナ」を横糸に紡がれる、インドの少女の物語。

最後のトンボたち
加藤章子・作／藤川秀之・絵
定価1200円＋税

信州諏訪を舞台にした5つの短編を収録。人が生まれながらに持っているやさしさに気づかせてくれる。十代の少年少女のゆれ動く心が読者の年齢をこえて共感をよぶ。詩人・森忠明氏絶賛の本。

善市じいさんのふしぎな手
熊谷本郷・作／なんば孝子・絵
定価1200円＋税

「夢」というお守りを持つソウヘイと「勇気」というお守りを持つコウタ。世の中の荒波にもまれる家族のきびしい現実に直面しながら、強く大きく羽ばたく二人。人間味溢れる地域の人々の温かなまなざしも胸にせまる物語。

ばあばの手
西沢怜子・作／山中冬児・絵
定価1200円＋税

「ばあばの手」、「とんだとんだ竹トンボ」、「いいあんばい」の3編を収録。社会に向ける鋭い視点を内包しつつ、家族愛、人間愛をあたたかく描く。

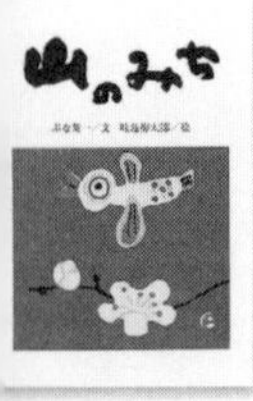

山のみち
ぶな葉一・作／畦地梅太郎・絵
定価1500円＋税

ぜんそくに苦しむ少年が、山の自然と人々の温もりに癒されて成長する物語。児童文学者・岩崎京子氏すいせん。

まぶしい涙
ぶな葉一・作／永元正夫・表紙絵
秋山よしのり・本文挿し絵
定価1200円＋税

障害者と同級になったことで、本音をぶつけあい、理解し合いながら成長していく物語。児童文学評論家・砂田弘氏絶賛の書。

ちりちりけんのう
栗原直子・作／日向山寿十郎・絵
定価1200円＋税

祈祷師（きとうし）のウメババをめぐる4編。声に出して読みたい創作民話集。「狐おろし」「天女のはなし」「おシロとシロコ」「闇の中」を収録。

泣いたゼロ戦
ぶな葉一・作／関口コオ・絵
定価1200円＋税

夢多い若者たちが「この日本の国のために」と尊い命を捨てていきました。戦争で亡くなった人の声を、明日へつなぐ平和のために私たちは伝えていかなければなりません。

「ああっ、ぼくの涙、ぼくは泣いていたんだ」

ゼロ戦の心の叫びを聞いてください。